KB114540

내일을 향해 쏴라

김동석 장편 소설

FUSION FANTASTIC STORY

내일을 향해 쏴라 14

김형석 장편 소설

초판 1쇄 찍은 날 § 2015년 7월 24일
초판 1쇄 펴낸 날 § 2015년 8월 31일

지은이 § 김형석
펴낸이 § 서경석

편집책임 § 박가연

펴낸곳 § 도서출판 청어람
등록번호 § 제387-1999-000006호
등록일자 § 1999. 5. 31
어람번호 § 제1-2213호

주소 § 경기도 부천시 원미구 부일로 483번길 40 서경B/D 3F (우) 420-822
전화 § 032-656-4452 팩스 § 032-656-4453
http://www.chungeoram.com
E-mail § chungeorambook@daum.net

ⓒ 김형석, 2014

ISBN 979-11-04-90384-7 04810
ISBN 979-11-316-9142-7 (세트)

※ KOMCA(한국음악저작권협회) 승인 필.
※ 파본은 구입하신 서점에서 교환하여 드립니다.
※ 저자와 협의하여 인지를 붙이지 않습니다.
※ 이 책은 도서출판 청어람과 저작자의 계약에 의해 출판된 것이므로,
　무단 전재 및 유포 · 공유를 금합니다.

내일을 향해 쏴라

14

김형석 장편 소설

FUSION FANTASTIC STORY

내일을
향해 쏴라

CONTENTS

Chapter 1

1

판 흔들기.

평소엔 고수가 하수에게 사용하는 바둑 기법이다. 주로 불리한 조건에서 쫓아가고자 할 때 상대의 빈틈을 만들기 위해 쓰인다.

즉, 판의 이곳저곳에 분란을 일으켜서 혼란스럽게 만들어 원하는 것을 쟁취하는 방식이다.

"……."

수는 차분하다.

동요하지 않는다.

침착하게 백이 진정 원하는 것이 뭔지를 고민하고 또 고심

한다.

'팻감을 마련하기 위해서가 아니야. 뭔가를 노리고 있어.'

초시계의 시침이 하염없이 흘러간다.

또깍! 또깍!

어떤 식으로든 대처를 해야 할 터인데 의중을 알 수 없으니 답답하다.

'마땅한 수가 보이지 않아.'

몇 번이고 곰곰이 수읽기를 해봤지만 딱히 노림수을 발견할 수가 없었다.

수는 힐끗 초시계를 확인했다.

아직 중반임에도 남은 제한 시간은 이제 이십 분 남짓이다.

'시간이 없어. 내 수읽기를 믿어야 해.'

어제 있었던 패배의 여파 때문일까?

징검다리도 두드려 보고 건넌다는 말처럼 수는 최대한 조심스럽게 고민하고 착수했다.

평소라면 한 번 수읽기면 될 곳에서도 두 번, 세 번 공을 들여서 놓칠 수도 있는 곳까지 빠짐없이 확인하고 고민했다.

그 덕분에 준고의 흔들기에도 크게 손실을 입지 않았다. 실리적인 우위도 놓지 않았다.

수는 더는 고민하지 않았다.

여기서 제한 시간을 모두 소진한다면 차후에 정확한 계가를 할 수가 없어진다.

조바심은 느꼈지만 초조하진 않다.

이제까지 해왔던 대로 둘 뿐이다.

수는 바둑돌을 집었다.

'이 승부 내가 잡는다.'

탁!

수가 힘차게 착수했다.

2

"……."

준고는 눈을 치켜뜨며 힐끗 수를 보았다.

나중에 알게 된 사실이지만 한류스타이기도 한 그는 유명 가수라고 들었다. 그 때문인지 볼품없는 여타의 프로 바둑기 사들에 비해 외모도 단정하고 풍기는 분위기도 세련됐다.

'솔직히 말해서 놀랐어. 이 정도로 잘 둘 줄은 생각지 못했 거든.'

수많은 내기 바둑판을 전전했다. 소문난 내기꾼이나 도박 사 중에는 프로 바둑기사에 버금가는 실력자도 상당수 있었 다.

하지만 입단 전 만나본 상대들과 입단 후 만난 프로기사들 을 통틀어도 수처럼 강한 적수는 없었다.

'잘 두긴 하는데 어중이떠중이보단 좀 나은 정도? 너도 그

게 다야.'

그러나 평가는 딱 거기까지였다.

탁!

백돌이 재빨리 놓인다.

주어진 제한 시간이 아직 사십 분 가까이 남았음에도 불구하고 속기 바둑을 두듯이 손이 나간다.

'착각하는 거 아냐? 시간에 쫓기는 건 내가 아니고 너라고.'

준고는 비릿한 미소를 지었다.

가랑비에 옷 젖는 줄 모른다고 했다. 흔들기에 당하지 않고자 조심스럽게 대처한다고 생각했겠지만 그게 오히려 준고가 생각하던 노림수였다.

'재미있어. 프로 바둑 대회라는 건 참 장난칠 게 많거든.'

내기 바둑은 제한 시간이라는 규정이 거의 없다.

승패의 결과만 중시된다.

또 집 차이가 벌어질수록 금액도 천차만별이다. 대마가 죽어 패한 어떤 이는 무려 100만 엔을 한 판에 잃기도 했다.

그뿐이랴?

진짜 더럽다 못해 욕이 목구멍까지 치미는 녀석들이 천지다.

한 경기를 지면 잃은 돈의 두 배를 배팅한다. 딴 돈을 잃지 않기 위해서라도 무조건 이겨야만 한다. 만약 패배한다면 딴

돈과 내 돈 모두를 잃기 때문이다.

준고는 이런 야생에서 바둑을 배웠다.

순수한 기력을 떠나서 경험의 차이가 압도적이다. 그 경험에서 우러나는 심리적인 영향이 프로가 된 뒤에도 승패를 가르는 중요한 요소로 작용했다.

'내기에서 지면 나와 아버지는 이틀을 굶어야 했어. 내기에 걸 돈이 없어서 무일푼으로 판에 앉은 적도 있지. 나이는 어려도 걸어온 길이 달라.'

바둑을 두었던 환경 자체가 다르다.

그것은 심리적인 요소가 크게 작용하는 바둑에서는 좁힐 수 없는 거대한 차이를 만들어낸다.

그렇기에 세계기전 결승에 대한 부담감 따위도 없다. 아니, 애초에 그런 걸 느낀다는 것 자체가 말이 되지 않는다.

무일푼으로 판에 앉아 죽도록 얻어맞은 적이 있는가?

종자돈을 잃고 몇 날 며칠을 도로에서 굶은 적은?

너무 돈을 많이 땄다는 이유로 보복을 당한 기억은?

열이면 열 준고가 이 판을 질 요소는 단 한 가지도 없었다.

탁!

준고가 힘차게 손을 뻗어 착점했다.

'슬슬 끝을 볼까?'

3

"패싸움으로 인해 백이 만회를 많이 했습니다. 이 형세라면 덤에 걸릴 거 같네요."

김성용 8단은 해설을 하며 쉴 새 없이 형세 판단에 열을 올렸다.

"끝내기에서 갈릴 공산이 크단 얘기죠?"

"네, 그렇습니다. 하! 보면 볼수록 두 기사 대단하네요. 이런 혼잡한 대국을 계가까지 끌고 간 것도 놀라운데 덤 승부라니."

그는 솔직하게 감탄했다.

세계 최정상급 기사의 대국이란 이런 게 아닐까 싶을 정도다.

서로의 목에 칼날을 겨누고도 칼끝이 닿지 않아 베지 못한다. 그런 아슬아슬한 결투의 끝은 한 끝의 차이로 갈린다.

지금의 이 대국이 그렇다.

누가 승자가 될지는 알 수가 없지만 패자에게도 박수를 보내야 마땅하다.

조혜연 2단이 판의 흐름을 보며 말한다.

"이수 초단은 끝내기와 형세 판단이 강하기로 정평이 나 있지 않나요?"

"거기엔 반론의 여지가 없죠. 다만, 준고 초단의 바둑 역시 그에 못지않습니다. 애초에 저런 기풍은 형세 판단이 안 되면 둘 수가 없거든요. 다만……."

"다만?"

김성용 8단이 잠시 뜸을 들이다 말을 이었다.

"지금의 흐름은 준고 초단이 조금 더 나아 보입니다."

"어떤 면에서 그리 보시는지?"

"초읽기."

"아! 그러고 보니…… 수 씨는 곧 있으면 초읽기에 들어가
네요."

똑딱똑딱!

말이 떨어지기 무섭게 모니터 속의 초시계의 시침이 정각
이 되자 계시원의 목소리가 들린다.

―초읽기를 시작하겠습니다.

초읽기.

제한 시간을 모두 소진하고 나면 초읽기에 몰린다.

LIG배 기성전을 기준으로 대국자는 초읽기에 몰리면 무조
건 1분이라는 일정 시간 내에 다음 착점을 해야 한다. 만약
이 규정을 세 번 어기게 되면 시간패를 당한다는 규정이다.

"해설위원 말씀대로라면 이수 초단 많이 어렵게 됐습니다.
아직 큰 끝내기가 제법 남았는데요."

"조혜연 프로도 아시겠지만 초읽기에 몰리면 충분한 수읽
기가 불가능합니다. 감으로 두어야 하는 만큼 부담도 따르고
심리적으로 불안정하죠."

"전 초읽기에 몰리면 피가 마르더라고요."

"저도 아무것도 안 보입니다. 하하."

초읽기도 바둑의 일부다.

프로 바둑기사의 역량에는 초읽기에 대처하는 심리적인 요소도 배제할 수가 없다.

그런 의미에서 볼 때 수는 불리한 형국에 처하고 말았다.

"아아! 이수 초단, 방금 전에 둔 수는 손해 아닌가요?"

우려가 현실이 되어간다. 실리적으로 근소한 우위를 점하고 있었으나 초읽기에 몰리며 디테일한 수읽기가 어려워졌다.

"이거 덤까지 감안하면 역전당한 거 아닌가요?"

"덤에 걸리는 거 같긴 합니다만……."

탁! 탁! 탁!

초읽기에 몰린 흑돌이 재빨리 놓인다.

생각할 여지를 주지 않겠다는 듯 준고도 곧바로 응수한다.

빠른 속도로 점차 공배가 채워진다.

"이제 계가네요."

"이대로라면 이수 초단 반집에 걸릴 것 같은데요."

형세 판단을 내리는 김성용 8단의 목소리에 우려가 깊게 배어 있었다.

모니터 너머로 흑집과 백집이 정리된다. 집 계산을 돕고자 쉬운 모양으로 정돈하는 것이다.

"과연 뒤집혀졌을지 궁금하네요."

이윽고 모니터에 자막이 떴다.

백, 반집 승!

4

'리드를 지키지 못했어.'

수가 쓰게 입맛을 다셨다.

끝까지 아슬아슬한 형세를 유지했지만 결국 초읽기에 몰린 나머지 역전을 허용하고 말았다.

고개를 들어서 눈앞의 준고를 보았다. 눈이 마주치자 그의 입꼬리가 씨익 올라갔다.

'넌 나한테 안 돼.'

마치 수가 본인보다 밑이라는 걸 확인하고 내려다보는 듯한 미소다.

수는 기분이 좋지 않았지만 참았다. 보이지 않게 주먹을 꽉 쥐며 분을 삭였다.

"준고 초단, 제3국을 잡으시면서 2연승을 하셨습니다. 소감이 어떠신지?"

"이제 한 판이면 우승입니다. 내일 확정 지을 자신이 있으신가요?"

"……."

준고에게 쏟아지는 질문을 뒤로하고 수는 조용히 대기실로 들어왔다.

털썩!

소파에 주저앉은 수가 제일 처음 한 일은 휴대전화 전원을 끈 것이다.

"방해받고 싶지 않아."

수는 어떠한 위로나 격려보다도 혼자 있을 시간이 필요했다. 입단 이후 처음 겪는 2연패다 보니 더더욱 그러했다.

"심리적으로 흔들렸어."

패배의 연유는 쉽게 자각했다.

하지만 그 후유증에서는 쉽게 헤어 나올 수가 없었다.

이제 한 판이면 최종 우승자가 정해진다. 평정심을 유지하려고 애를 써도 밀려드는 부담감과 초조함에서 자유롭기란 생각만큼 쉽지가 않았다.

"일단 가자."

수는 조용히 호텔을 빠져나와 보금자리 주상복합으로 돌아갔다.

키 번호를 누르고 현관에 들어서자 고은은이 반갑게 맞이해 줬다.

"잘 됐어요. 그러니까 풀 죽지 마요."

"이거 무슨 냄새예요?"

신발을 벗으며 수가 쿵쿵거렸다.

"소갈비 좀 재워뒀어요. 씻고 와요. 데워둘게요."

"아뇨. 속이 안 좋아서…… 이따가 먹을게요."

"……."

수는 샤워를 하고 서재로 들어가 콕 박혔다.

머릿속에서 어제와 오늘의 대국이 떠나질 않았다. 얼른 떨쳐 버려야 하거늘, 그게 마음먹은 대로 되지가 않으니 답답할 따름이다.

"……."

엄청난 부담과 조바심, 초조함이 가슴을 짓누른다. 이러한 심리 상태라면 내일 대국에도 영향이 가지 않을 수가 없다.

바로 그때였다.

끼이익.

노크도 없이 서재 문이 열렸다. 수가 스윽 고개를 돌려서 보니 고은은이 서 있었다.

"오자마자 여기 박혀서 뭐하는데요?"

"네? 전 그냥……."

"당장 나와요."

순간적으로 수의 얼굴이 딱딱하게 굳었다. 이제까지 고은은과 함께 시간을 보내면서 오늘처럼 차가운 말투는 처음 듣는 까닭에 지레 겁을 먹은 것이다.

"앉아요."

팔짱을 끼고 표독스러운 눈길로 보는 고은은이 시키는 대로 거실 소파에 앉았다.

"앞으로 두 시간 동안 소파에서 꼼짝도 하지 마요."

"저 피곤한데……."

"저 짐 쌀까요?"

"……."

강압적인 말에 수가 반항조차 하지 못하고 입을 다물었다.

고은은은 거실의 모든 등을 소거했다. 그리고 거실 벽면에 비치된 대형 TV를 켰다. 잠시 리모컨을 만지작거리더니 생소하기 짝이 없는 프로그램을 재생시켰다.

"이, 이건?"

"쉿! 한마디도 하지 말고 봐요."

그건 다큐멘터리였다.

5

천문학자 칼 세이건의 코스모스.

시공의 우주를 담은 이 다큐멘터리는 세계 60개국에서 6억 명이 시청한 세계 최고의 우주 다큐멘터리다.

우주선 개발에 참여한 과학자인 칼 세이건이 제작한 이 다큐멘터리는 인간이 감히 품을 수 없는 광오한 우주의 신비를 엿보게 해준 작품이다.

'지루해.'

처음 영상을 접했을 때 수가 느낀 감정이다.

신비하고 광활한 우주에 눈길이 가긴 했지만 아주 오래전에 제작된 다큐멘터리다 보니 흥미 요소는 매우 부족했다.

'왜 이런 걸 보고 있어야 하지?'

목 끝까지 말이 차올랐지만 수는 차마 그 말을 입 밖에 꺼내지 못했다.

호환 마마마냥 군은 고은은의 표정을 보니 잘못 말을 꺼냈다간 크게 데일 것 같단 느낌을 팍팍 받았다.

"딴짓하지 말고 봐요."

"……네."

결국 이러지도 저러지도 못하고 수의 시선이 정면의 대형 TV에 향했다.

영문도 모른 채 억지로 보는 게 꽤 곤혹스러웠지만 또 보다 보니 아름다운 은하계를 살린 영상미가 눈길을 끌었다.

'태양계가 웅장하긴 하네. 지구가 티끌보다 더 작아 보이다니……'

퀭하던 수의 눈에 이채가 어렸다.

제작된 지 삼십 년이 넘은 다큐멘터리였지만 광활한 우주의 신비로움과 영상미에 본인도 의식하지 못한 사이에 빨려들어가고 있었다.

'아, 저게 말로만 듣던 안드로메다야? 정신을 안드로메다

로 날린다는 거리가 저 정도라니. 그건 그렇고 소용돌이치는 모습이 참 예쁘네.'

지구가 속한 은하와 가장 가깝다는 안드로메다은하는 북쪽 하늘에서 맨눈으로도 볼 수 있는 유일한 은하다.

"……."

수는 눈을 떼지 못하고 다큐멘터리에 푹 빠져 버렸다. 우주의 웅장함과 신비로움은 볼수록 헤어 나오지 못하게 만드는 마력을 지니고 있었다.

'우주를 보고 나니 지구가 참 작게 느껴지네.'

수는 우주의 너비에 압도당했다.

또 우주의 기원을 보니 지금 숨 쉬고 살아가는 모든 생명에 경외감이 들었다.

'우주를 보고 나서 그런가? 나란 인간이 참 사소하게 보이네.'

흔히들 우리는 인생이 버겁다고들 한다. 그만큼 짊어지고 감당해야 할 것이 많다는 의미다.

그러나 다큐멘터리를 보면 그런 생각이 싹 지워진다.

작은 것에 대한 연연하던 모습이 한심하게 느껴지기까지 한다.

옆에서 귤을 까던 고은은이 말을 꺼냈다.

"바둑도 그런 거 아닐까요?"

"네?"

반문을 하는 수의 입에 귤을 넣어주었다. 상쾌한 신맛이 입 안 가득 돈다.

"수 씨를 조여오는 부담감, 조바심, 초조함이요."

수가 그녀와 눈을 맞췄다.

고은은이 담담한 눈길로 말을 잇는다.

"아무것도 아니란 거예요. 한발 물러서서, 다 내려놓을 수만 있다면 더 나은 바둑을 둘 수 있지 않을까요?"

"……!"

마지막으로 고은은이 던진 화두에 수의 눈이 크게 뜨였다.

머릿속이 환해지는 느낌이랄까.

개안이 된 인상을 받았다.

"다 내려놓는다, 내려놓는다……."

수는 되새김질을 하듯이 반복적으로 같은 말을 중얼거렸다.

돌이켜 보니 이제까지 수를 옥죄고 있던 심리적인 압박감이 너무도 사소하고 아무것도 아니게 느껴졌다.

'승부욕도 좋지만, 집착은 좋지 않아. 바둑 외적인 것에 너무 휘둘리고 말았어.'

다 놓아버리고 비우고 나니 몸도 마음도 홀가분해졌다.

고은은이 눈치를 살피다가 슬그머니 물었다.

"뭐 좀 느꼈어요?"

"덕분에요."

수의 입꼬리가 희미하게 올라갔다. 억지로 짓는 미소가 아닌, 편안한 미소다.

변화를 읽은 고은은도 그제야 웃었다.

"앞으로 절 이렇게 불러주세요. 내조의 여왕이라고!"

"풉!"

"웃어요? 고맙단 말은 못할망정. 남자들이 다 이렇다니까."

팔짱을 끼고 휙 토라진 고은은이 너무 귀여워서 수는 참을 수가 없다.

"진짜 이런 복덩이 같은 여자를 어디서 만났나 몰라."

"어머!"

수는 예고도 없이 와락 고은은을 안아버렸다. 행여 떨어져 나갈까 그녀의 어깨를 꼭 감싸고 있는 팔에 힘이 들어갔다.

'나한테 과분한 여자.'

지혜로운 여자를 아내로 맞이하면 그 집안이 번성한다고들 한다.

고은은이 딱 그랬다.

흔들리는 수를 바로잡고, 내조를 통해서 더 나은 방향으로 나아갈 수 있게 돕는다.

어른들이 하시던 지혜로운 여자의 참뜻을 수는 이제야 이해할 것 같았다.

포옹을 풀고 떨어진 수의 눈길이 그윽해진다.

하물며 눈에 넣어도 아프지 않을 만큼 예쁘기까지 한 여자다.

행여 놓치거나 떠나가지 않을까 걱정이 되지 않는다면 거짓말이다.

'확 그냥 도망 못 가게 속도위반해 버려?'

순간적인 욕망에 사로잡힌 수의 입술이 고은은의 입술로 향할 때였다.

"안 돼요!"

입술을 손가락으로 밀어낸 고은은이 고양이처럼 눈을 치켜떴다.

"오늘 기운 다 쓰고 내일 대국에 어떻게 두려고요? 참아요!"

"……."

때론 너무 현명해서 아쉬울 때도 있는 법이다.

6

LIG배 기왕전 결승전 제4국.

앞으로 1승만 더 거두면 준고의 우승이 확정되는 대국이다 보니 그 어느 때보다도 많은 주목을 받았다.

이미 일본 기자들은 오늘의 승리로 준고가 우승을 차지하며 그간 한국과 중국에 치여 떨어진 일본 바둑의 위상을 끌어

올릴 거라 믿어 의심치 않는 눈치였다.

끼이익!

수와 준고가 바둑판을 사이에 두고 마주 앉았다.

먼저 이죽거리며 도발을 건 건 준고 쪽이었다.

"축하 말은 준비해 오셨어요?"

"안 했는데?"

"저런! 매너가 없으시네요."

수가 피식 웃었다.

"너야말로 생각해 봤냐?"

"뭘요?"

"변명거리."

대국 전부터 두 사람의 눈에서 불똥이 튀었다.

계시원이 자리를 잡고 얼마 지나지 않아 대국 시작을 알렸
다.

"대국을 시작해 주세요."

우선 돌을 가렸다.

어제와 마찬가지로 수가 흑을 준고가 백을 쥐게 되었다.

"잘 부탁드립니다."

수가 허리를 쭉 펴고 최대한 높은 곳에서 바둑판을 내려다
봤다.

바둑판은 우주를 담고 있는 그릇이다.

이젠 다 내려놓고 이 우주에서 자유롭게 노니는 일만 남

았다.

탁!

수가 첫 수를 착점했다.

"……!"

준고의 눈에 힘이 부릅 들어갔다.

'대고목?'

귀 착점의 하나인 대고목은 고목에서 변 쪽으로 한 수 나아간 곳에 두어지는 자리다. 소목과 화점이 주가 되는 현대 바둑에서는 거의 두어지지 않으며 연구조차 뜸해져 사장되다시피 했다.

준고는 속으로 코웃음을 쳤다.

'감히 나한테 변칙수를 써? 상대를 잘못 골랐다고.'

일반적인 프로 바둑기사라면 상대적으로 연구와 경험이 부족한 대고목에 당황할 수도 있다.

하지만 내기 바둑으로 무장한 준고에게 대고목은 흔하디흔한 꼼수 정도로밖에 보이질 않는다.

탁!

준고는 소목을 차지하며 차분하게 맞대응한다.

대고목은 변과 중앙으로의 발전을 중시하며 때에 따라서 귀 방면으로 방향을 선회해 실리적으로도 구사할 수 있는 양면성을 지닌 수다.

그걸 뻔히 아는 이상 경거망동할 이유가 하나도 없었다.

이윽고 수의 손이 나갔다.

탁!

흑돌이 바둑판에 놓이고 손을 거뒀을 땐 예상치 못한 곳에 놓여 있었다.

"......!

외목.

화점의 바깥에 위치한 자리로 귀의 실리와 중앙, 변 방면의 발전을 선택적이 가능한 수다.

'대고목과 외목을 동시에 둬?'

준고도 처음 상대해 보는 생소한 포석이다.

7

"이수 초단 대고목와 외목이라는 특이한 포석을 들고 나왔습니다."

조혜연 2단이 살짝 들뜬 듯 목소리에 힘이 들어갔다.

다른 걸 다 떠나서 기왕전은 국내 기업이 주관하는 세계기전이다. 하물며 한일전이다. 일본인이 우승을 차지해 남의 집 잔치가 되길 바라지는 않았다.

"비장의 한 수인가요? 꽤나 이색적인 포석을 들고 나왔습니다."

"대고목과 외목, 어떤 장점이 있는지 설명 좀 부탁드릴게요."

김성용 8단이 안경을 고쳐 쓰며 말을 받았다.

"일단 판세에 따른 유동적인 대응이 가능한 수입니다. 실리가 부족하다면 귀를 차지할 수 있고, 두터움이 필요하다면 변이나 중앙으로 확장이 가능하죠."

"맞춤형 대응이 가능하단 얘기군요."

"네. 주로 70년대 바둑에서 두어졌던 포석입니다. 반대로 생각하면 현대 바둑에서 많이 두어지지 않는다는 건 그만큼 연구가 부족하거나, 장점보다 단점이 많단 의미이기도 합니다."

조혜연 2단이 끄덕였다.

"그건 그렇고 개인적으로 이수 초단 배포가 대단하네요."

"그러게 말입니다. 세계기전 결승에서 이런 고정관념을 깨는 포석이라니. 과연 이 포석을 선택한 게 신의 한 수가 될지 어떨지 저도 궁금해지네요."

혁신적인 시도는 높게 평가하나 그것이 좋은 결과를 보장하지는 않는다. 그렇기에 김성용 8단의 평가도 조심스러울 수밖에 없었다.

'애매해. 배짱은 인정하겠는데, 요행에 기대어 구시대 포석을 흉내만 낸 거라면 위험해.'

준고는 나이는 어릴지 몰라도 호락호락한 기사가 아니다.

만약 위기에 몰린 수가 볏짚이라도 잡아볼 심산으로 꺼내든 카드라면 오히려 백이면 백 준고에게 물리고 말 것이다.

탁!

백이 맞대응을 하자, 흑도 동조한다.

실리를 취하면서도 중앙과 변까지 염두에 둔 아주 유연한 포석이다.

백이 이리저리 판을 틀어보지만 마음먹은 대로 되지 않는다. 귀와 변, 중앙으로 대응을 하며 준고가 원하는 걸 사전에 차단해 버렸다.

탁! 탁! 탁!

포석이 끝나갈 무렵이 되자 김성용 8단의 의구심은 확신으로 바뀌어 있었다.

"어, 어쩌면 말입니다."

"네?"

김성용 8단이 침을 꿀꺽 삼켰다.

"우리가 생각했던 것 이상으로 이수 초단은 대고목과 외목에 대해 정통한지도 모르겠습니다."

Chapter 2

'왜 잊고 있었을까?

수는 스스로에게 질문을 던졌다.

바둑을 둠에 있어 바둑 외적인 사소한 것에 얽매였다. 온전히 바둑 그 자체에 집중하지 못했던 스스로를 향한 자책이다.

'이기기 위해 두는 바둑이지만, 승리에 집착을 해서는 안돼.'

부득탐승(不得貪勝).

당나라 왕적신의 위기십결에 나오는 구절이다. 평정심을 유지하고 냉정하게 판세를 읽어야만 결국 승리한다는 의미다.

돌아보면 수는 경기 외적인 것에 너무 집착했다.

바둑의 기본을 잊고 있었던 셈이다.

'은은 씨 덕분이야. 내 바둑을 돌아볼 수 있는 계기가 됐어.'

어제 본 우주 다큐멘터리 코스모스는 참 많은 영감을 주었다.

광활한 우주를 보고 있자면 수가 느끼고 있던 패배에 대한 두려움, 초조함, 조바심 등 많은 감정이 사소하게 느껴졌다.

탁!

준고가 착점을 한다.

'허둥지둥대는 게 눈에 보여.'

대고목과 외목은 현대 바둑에서 많이 두어지지 않는 포석이다. 변칙적인 느낌이 강한 만큼 한 번 말려들어 휘둘리기 시작하면 많은 걸 잃을 수 있다.

수가 돌을 집어 받아쳤다.

탁!

포석은 완승이다.

이제 남은 건 중반의 전투인데…….

'급한 건 내가 아니야. 기다리면 돼.'

수는 침착하게 때를 기다렸다.

수순이 오고 가길 30수 안팎.

이대로는 승산이 없다는 계산이 선 준고가 침투를 감행

했다.

탁!

'네 기풍이라면 이쯤에 들어올 줄 알았어. 기세 때문이라도 무리를 해야 했을 테니까.'

수는 씨익 웃었다.

모든 건 계산대로다.

2

'느낌이 안 좋아. 오물을 뒤집어쓴 기분이야.'

준고의 표정이 심상치 않았다.

조금 전의 침투수는 두고 싶어서 둔 수가 아니다.

워낙 포석 단계에서 주도권을 내준 까닭에 무리해서라도 삭감을 하지 않으면 승산이 없다는 판단에 억지로 둔 수다.

탁!

흑과 백돌이 바둑판을 채운다.

여백이 지워지고 돌들이 맞물릴수록 준고의 안색도 어두워진다.

전투는 나쁘지 않았다. 큰 이득은 취하지 못했으나 손실도 보지 않았다.

'그게 문제야. 격차를 좁히지 못했다고!'

바둑은 중반을 거쳐서 후반으로 넘어간다.

돌을 둘 곳이 사라질수록 초조해지는 건 준고 쪽이었다.

'반면에서 차이가 너무 벌어졌어.'

끝내기로 뒤집기에는 그만한 자리가 없어 보였다.

이대로 계가까지 간다고 해도 승패는 뻔하다.

'제길.'

탁!

준고는 바둑과는 무관한 1선에 돌을 뒀다. 바둑 표현으로 돌을 던진다고들 한다. 흔히 기권을 할 때 두는 상징적인 착점이다.

"수고하셨습니다."

수가 정중하게 예의를 갖췄다.

그걸 본 준고가 못마땅한 듯 입술을 실룩거렸다. 아무렇지 않게 구는 수의 모습이 더 자신을 비웃는 것 같다는 인상을 받아서다.

획!

복기조차 하기 싫다는 듯 그대로 자리를 박차고 일어나더니 대국실을 나가 버렸다.

잠시간이 흐르고 대기하고 있던 기자들이 몰려들었다.

누구보다도 수의 승리를 간절히 바라던 한국 바둑 기자들의 질문 공세가 쏟아졌다.

"2연패 후에 거둔 승리입니다. 심리적으로 많이 위축이 되었을 텐데, 특별한 비결이라도 있으신지?"

"다큐멘터리요."

"다큐요?"

"광활한 우주를 담은 다큐멘터리였는데, 보고 나니 생명에 경외감이 들더군요. 덕분에 승리에 대한 집착을 다 놓을 수 있었던 게 비결이지 않을까 싶습니다."

"과연!"

수의 승리에 한국 바둑 기자들도 신이 났다.

두 판 연속 준고가 승리를 챙겨 가며 기사로 쓸 내용이 막막하던 터에 수가 승리를 챙기며 최종 대국까지 이어진 까닭이다.

"제5국인 최종 대국까지 왔습니다! 마지막으로 각오 한마디 들을 수 있을까요."

"다 내려놓을까 합니다. 그러면 승리는 자연스럽게 따라오지 않을까 싶네요."

수의 대답에도 기자들이 아쉬운 듯 재차 묻는다.

"그게 단가요? 달리 또 하실 말은 없으신지?"

"네, 없습니다."

"……."

수의 대답에 기자들의 낯이 실망스러워졌다.

이쯤 되면 빵 터져 줄 뭔가가 나와줘야 자극적인 기사를 쓸 터인데, 오늘 수의 인터뷰는 다큐멘터리만큼이나 고리타분했던 까닭이다.

'바라는 것도 많다니까.'

수가 팬서비스 차원으로 한마디 던졌다.

"전에도 말했지만, 한일전인데 지면 쓰겠어요?"

"……!"

그제야 기자들의 만면에 환한 미소가 피어났다.

3

"저 자식 또 성장했어."

거실의 소파에 앉아 바둑 채널로 중계를 보던 원성진 4단의 표정이 진지해졌다.

대고목과 외목은 얼핏 봐선 변화가 다양해 좋은 수로 보일 수도 있지만, 막상 뚜껑을 열어보면 양날의 칼이나 다름없다.

그런데 수는 그러한 단점을 상쇄할 만큼 대고목과 외목을 동시에 구사하는 포석에 정통한 모습을 보여줬다.

"나라면 모르겠지만, 딴놈들은 상대하기 벅찰 만해."

자신 있게 상대할 만하다고 말하곤 있지만 평소의 그답지 않게 자신감이 떨어지는 목소리다. 비록 한 판뿐이지만 그만큼 수가 보여준 대고목 포석은 완벽했다.

"내일부터 연구회들 난리 나겠네. 하나같이 대고목이 어쩌느니, 외목이 어쩌느니 할 테니까."

바둑도 트렌드가 있고 흐름이 있다.

유행은 돌고 돈다고 한다.

대고목을 기반으로 한 포석은 한 시대를 풍미하고 이미 사장된 방식이다. 하지만 이렇게 물위로 올라와 연구되다 보면 현대 바둑에서 다시 쓰일 가능성도 배제할 수 없다.

"칫! 내가 없는 곳에서 너무 앞서가지 말라고."

라이벌이 그를 추월해 앞서가는 모습을 바라만 보는 원성진 4단의 입이 썼다.

4

"준고."

안타까워하는 슈헤이를 뒤로하고 준고는 화장실로 들어가버렸다.

달그닥!

실내에서 문을 걸어 잠근 준고는 변기에 앉았다. 안경을 벗더니 누구에게 들킬까 재빨리 소매로 눈가를 훔쳤다.

"바보같이. 거기서 왜 그런 무리수를 두는데? 좀 더 참았어야 했어."

패배로 원통한 마음에 멈추질 않는 눈물을 닦아내며 대국을 복기했다. 패착을 찾아내서 다시는 그러한 실수를 하지 않고자 함이다.

"내일은 안 져. 죽어도 안 진다고."

준고가 체계적으로 바둑을 배우지 않았음에도 눈부시게 성장할 수 있었던 원동력에는 천재성만큼이나 누구에게도 지기 싫어하는 승부욕이 있었다.

세수로 눈물의 흔적을 지운 준고가 화장실 밖으로 나왔다.

"좀 진정은 됐고?"

끄덕.

주억거림으로 대답을 대신한 준고가 창가 옆 소파에 앉아 게임기를 손에 쥘 때였다.

딩동!

누군가 객실의 벨을 눌렀다.

"아빠가 나가보마. 누구십니까?"

슈헤이가 문을 열자 낯선 남성들이 서 있었다.

"슈헤이 씨?"

"네, 접니다만…… 누구신지?"

말을 걸어왔던 사각턱의 남자가 뿔테 안경을 올려 썼다.

"일본바둑협회 고문 이야마 유타입니다."

"네? 아, 안녕하세요."

슈헤이의 표정이 딱딱하게 굳어졌다.

일본바둑협회의 고문이 낯선 사람들을 대동하고 한국까지 자신들을 찾아온 이유가 뭘지 불안해진 까닭이다.

"누군데?"

소파에 앉아 게임을 하던 준고가 걸어 나왔다.

이야마 유타는 부자지간인 준고와 슈헤이를 번갈아 쳐다 봤다.

"마침 같이 있었구나. 굳이 따로 얘기할 필요 없겠네."

"……!"

준고가 단번에 그를 알아봤다. 입단식 과정에서 프로 바둑 기사가 지켜야 할 규정과 율령 등을 교육했던 사람이 바로 그 였다. 기억하지 못할 리 없다.

'이 사람이 여기에 왔다는 건…….'

이야마 유타가 뒷짐을 지곤 찬찬히 말을 이었다.

"불미스럽게도 불법 도박 사이트에서 아버님 슈헤이 씨의 이름과 전화번호, 심지어 계좌번호까지 발견이 되어서 말입 니다. 죄송한데 몇 가지 협조 좀 부탁드리겠습니다."

"……."

준고의 매서운 눈초리에 슈헤이가 눈을 감아버리며 외면 했다.

5

"은은 씨!"

현관문이 열리기가 무섭게 고은은에게 수가 달려들어 얼 싸안았다.

"깜짝이야. 오자마자 이게 웬 행패예요."

"사랑스러워서 그럽니다."

포옹을 푼 수가 그녀의 양 볼을 잡고는 얼굴 이곳저곳에 뽀뽀를 했다. 눈앞에 두고서도 어찌할 수 없을 만큼 사랑스러웠다.

"좀 떨어져요!"

고은은이 귀찮다는 듯 밀쳐 내고나서야 떨어졌다.

"은은 씨 덕이에요. 다 내려놓았더니 이길 수 있었어요."

"그렇죠? 이게 다 내조의 여왕 덕분이죠? 그러니까 나한테 잘하라고요."

"네, 죽을 때까지 떠받들어 모시겠습니다."

바둑의 승리만큼이나 수와 고은은의 분위기도 밝았다.

은은은 대국에 집중하느라 기력이 빠져나갔을 수를 위해 닭까지 잡아 고아두었다. 나날이 발전하는 요리 실력 덕에 이젠 매 끼니를 과식할 만큼 맛있었다.

'이게 행복이구나.'

수와 고은은이 둘만의 좋은 시간을 가지고 있을 때였다.

지이잉!

잠시 손에서 놓아두었던 휴대전화 진동이 요란하게 울렸다.

발신인을 보니 LIG배 기왕전 주최 측의 관계자였다.

"네, 전화 받았습니다."

—안녕하세요, 늦은 밤에 전화드려서 죄송합니다. 워낙 중

요한 안건인지라……

"아닙니다, 말씀하세요."

관계자는 잠시 숨을 고르곤 입을 열었다.

─시간도 늦었으니 본론만 바로 말씀드릴게요. 준고 초단의 불법 도박 혐의가 포착됐습니다.

"뭐, 뭐라고요?"

수가 당혹스러운 듯 반문했다.

─정확히는 준고 초단의 아버지가 관련되어 있습니다. 문제는 불법 도박과 관련하여 승부 조작 혐의가 있느냐는 겁니다.

"……"

수는 할 말을 잃고 말았다.

프로 바둑기사가 절대 하지 말아야 할 게 승부 조작이다. 발각 시에는 이유를 막론하고 퇴출은 물론이거니와 기사 자격마저 박탈당한다.

"잠시만요. 그러면 내일 대국은 어떻게 되는 거죠?"

─안 그래도 그것 때문에 전화드렸습니다.

관계자는 잠시 숨을 고르더니 말을 이었다.

─내일 최종 회의 결과가 나와봐야 알겠지만, 분위기로 봐서는 최종 대국은 두어지지 않을 가능성이 큽니다.

"그러면……"

─수 씨가 기왕이 되실 겁니다.

"......!"

휴대전화를 쥐고 있는 수의 손에 힘이 들어갔다.

6

LIG배 기왕전 결승전 제5국을 앞두고 많은 바둑 기자가 몰렸다.

올해 첫 세계기전 타이틀이 걸린 매치이자, 마지막 단판으로 우승자를 결정짓는 매치이니만큼 세간의 관심이 집중됐다.

그리고 그 기자 무리 중에는 익숙한 바둑이 아닌 다른 분야의 얼굴들도 섞여 있었다.

"어? 못 보던 기자들도 왔네?"

"연예부 기자래요."

선배 기자가 고개를 끄덕였다.

"역시 한류스타는 취재 규모도 다르네. 장비들 좀 봐봐."

"그러게 말입니다. 누군 한 우물 파도 힘든 걸 중국 나가수 졸업하고, 세계 바둑기전까지 노리다니…… 난놈은 난놈인가 봅니다."

"그런 의미로 꼭 우승을 해줬으면 하는데."

최근 몇 년간 세계바둑의 주도권은 중국이 쥐고 있었다.

유일하게 원성진 4단이 세계기전에서 좋은 성적을 보이긴 했지만 실질적으로 손에 거머쥔 타이틀은 일본에서 주최한 토요다배가 유일하다.

하지만 외부에서 그렇게 수에 대한 기대로 부산스러움이 감도는 동안 기왕전을 주최한 LIG기업 측에서는 전혀 예상치 못했던 문제로 골머리를 앓고 있었다.

"하! 그러면 준고 초단의 기권으로 기우는 건가요?"

주최 측과 일본기원협회에서 파견 나온 이야마 유타 고문은 일처리를 두고 의견을 개진했다. 한 시간 뒤에 있을 최종 대국을 앞두고 어떤 식으로든 결론을 내야 하기 때문이다.

"협의는 확정적입니다. 준고 초단이 우승 후 박탈을 당하기보단 그편이 나을 듯싶습니다."

"일본기원협회의 뜻인가요?"

"네. 더불어서 이런 불미스러운 일에 연루되게 만들어 죄송합니다."

이야마 유타는 깍듯하게 고개를 숙였다.

폭넓은 의미에서 보면 이런 사달을 초래한 것은 일본기원협회의 관리에 미흡함이 있다는 책임감 때문이다.

일본기원협회는 승부 조작, 불법 도박에 냉정한 잣대를 내민다. 과거를 돌아보면 비슷한 사례로 제재를 받는 기사도 꽤 있다.

'왜 좀 더 조심하지 못한 거냐.'

준고의 재능은 진짜다.

향후 십 년간 일본 바둑을 이끌어가고도 남을 재목이다.

내기 바둑을 뒀지만 입단 전이고 형사적인 처벌을 받지 않은 만큼 크게 무리가 되지 않았다.

그러나 입단 이후는 다르다.

더 엄격하고 냉혹한 처벌이 뒤따른다.

그래서 입단 당시 더 조심하라고 당부했거늘 끝내 이 사달이 나고 말았다.

'안타까운 재능이 이대로 지는구나.'

아직은 혐의 단계지만 증거가 너무 명확하기에 빠져나가긴 어려워 보인다.

"그리하도록 하죠. 저희 입장에서도 준고 초단이 우승을 한 뒤 이 사태로 말미암아 타이틀을 회수하게 되는 건 모양이 좋지 않거든요."

주최 측에서도 아쉬워했다.

한류스타 수의 약진과 극장에 버금가는 접전으로 인해 후원 효과를 톡톡히 보던 차에 최종 대국에서 이런 식으로 고꾸라질 줄은 생각도 못한 까닭이다.

어찌 됐든 양측의 의사가 부합했다.

결정이 내려지자 주최 측은 수와 준고를 한곳에 불렀다.

준고는 체념한 듯 담담한 표정으로 의자에 다소곳이 앉아 있었다.

"저희는 이번 일이 더 확대되는 걸 바라지 않습니다. 해서,

준고 초단의 기권으로 처리해 대회를 마무리하기로 결정 내렸습니다."

"잠시만요. 그러면 저는 어떻게 되는 거죠?"

"기권승으로 처리됩니다. 축하드립니다. 입단 첫해에 기왕에 오르시게 됐네요. 한국 바둑에 유례가 없는 일일 겁니다."

"……."

축하 말에도 수의 표정은 떨떠름했다.

최종 대국을 두지도 않고 우승한다는 사실이 썩 편하지 않았다.

여기로 오기 전 관계자들의 입을 통해 준고의 사연을 전해들은 까닭이다.

'이건 잘못됐어. 따지고 보면 그 아빠 슈헤이가 문제잖아? 왜 준고한테 잘잘못을 따지는데?'

수가 판단을 내리기에 준고는 잘못이 없다.

잘못이라면 어린 준고를 내기 바둑판에 앉혔던 슈헤이에게 있다. 하물며 입단 이후에도 불법 도박에 관여했으니 더더욱 용서해서는 안 된다.

그러나 정황상 슈헤이가 일을 저지르기는 했지만 준고가 그에 관여한 것 같지는 않았다.

결승전 제1국에서 준고는 패배했다. 그로 인해 슈헤이는 배팅한 금액을 잃고 말았다.

준고와 슈헤이가 관련이 없다고 보일 수도 있는 대목이다.

그러나 이미 두 사람은 공범으로 인식됐다.

한국기원과 비교도 안 될 만큼 엄격한 일본바둑협회는 불법 도박과 연루되었다는 혐의만으로도 진상 조사를 마칠 때까지 철저하게 활동을 제한한다.

'내가 바라던 건 이런 게 아니라고.'

누구보다 세계기전에서 우승하고 싶다는 욕심이 있다는 건 부정할 수 없다. 프로 바둑기사라면 누구나 꾸는 꿈이나 다름없으니까.

하지만 이런 식은 아니다.

사안이 사안인 만큼 어찌할 도리가 없지만 개운치가 않다.

"역시 이런 식이네요."

준고가 허탈한 표정을 지었다.

"예전부터 그랬습니다. 난 아니라고 말을 해도 아무도 믿어주지 않았죠."

슈헤이가 준고의 승리에만 배팅한 걸 보아달라고, 승부 조작의 가능성은 없다고 항변했지만 씨알도 먹히지 않았다.

일본바둑협회는 승부 조작 여부를 떠나서, 불법 도박 사이트에 연루가 된 것만으로도 불명예스럽다고 여겼기 때문이다.

"까라면 까야겠죠. 기권하겠습니다."

준고가 고개를 스윽 돌렸다.

석연치 않은 수를 보며 비릿하게 비웃었다.

"운이 좋으시네요. 손 안 대고 코 푸는 격이라니."

"……."

"축하드립니다, 기왕."

한껏 비꼰 준고가 자리에서 일어났다.

"기다려."

수가 더 볼일이 없다는 듯 회의실을 나가는 준고를 붙잡아 세웠다.

"도망가냐? 무서워서?"

"지금 제가 도망가는 걸로 보이시나요?"

준고의 표정에 분기가 서렸다.

지금 이 순간 누구보다 가장 억울하고 화가 나는 건 당사자인 준고 본인일 것이다.

수는 기왕전 총책임을 맡고 있는 박지혁 이사와 눈을 맞췄다.

"이사님."

"말씀하세요."

"저도 기권하겠습니다."

"……!"

청천벽력과 같은 수의 발언에 회의실에 있던 관계자 전원의 얼굴이 딱딱하게 굳었다.

뒤늦게 통역사를 통해 그 말뜻을 전해 받은 준고의 눈도 부릅떠졌다.

"그게 무슨 말씀입니까? 기권이라니요?"

"말 그대로입니다."

"진짜 기권하신다는 말씀인가요?"

재차 묻자 수가 차갑게 대꾸했다.

"제가 농담하는 것처럼 보이십니까?"

"……."

"명예롭지 않은 우승은 제가 사양하고 싶습니다."

다른 사람이 보면 미친놈이라고 수를 욕할 것이다. 최종 대국을 두지도 않고 기왕에 오를 수 있다면 누구라도 그 길을 택할 것이다. 편하고 확실한 방법이니까.

하지만 수는 그게 싫었다.

'납득이 되질 않아. 내 생에 첫 타이틀을 운이 좋았다는 이유로 폄하받고 싶지 않다고.'

꿀을 떠먹여 줘도 싫다는 수의 태도에 박 이사가 물었다.

"수 씨가 진짜 원하는 게 뭡니까?"

"최종 대국을 두고 싶습니다."

"하지만……."

주최 측 입장에서도 고민이 컸다.

당장 일을 덮어두고 대국을 생중계한다면 이득이 적지 않다.

극장에 버금가는 접전에 많은 기자와 바둑 마니아가 이미 열광 중이었다. 그런 와중에 승부 조작을 이유로 결승전에 해당할 최종 대국을 치르지 않는다면 흥분한 분위기에 찬물을 끼얹는 것밖에 안 된다. 팬들의 실망 또한 이만저만이 아닐 터다.

하지만 당초 일본기원협회와 합의할 때 이야기했지만, 준고가 우승할 경우 우승자 타이틀 박탈이라는 더욱 안 좋은 모양새가 나온다.

박 이사가 안경을 고쳐 쓰며 말했다.

"수 씨가 패하게 되면 더 불명예스러울 수도 있습니다. 차후 준고 초단이 프로기사 자격을 박탈당할 경우 기성전 타이틀이 수 씨한테 올 테니까요. 그래도 괜찮으신가요?"

"상관없습니다."

수의 입장은 단호했다.

그땐 그때고 지금은 지금이다.

또한 박 이사가 말한 불명예에는 조건이 따른다. 하지만 그 기회를 수는 주지 않을 것이다.

"제가 이기면 다 해결될 문제 아닌가요?"

"……."

정답은 정답이었다.

7

예정 대국 시간보다 십 분 늦어져 수와 준고가 바둑판을 두고 마주 앉았다.

마무리 스탠바이 작업을 앞두고 준고가 낮게 말을 걸었다.

"왜죠?"

"뭘?"

"굳이 둘 필요 없는데도 대국을 고집한 이유요."

준고는 납득이 안 갔다.

불명예스럽다곤 하나 손쉽게 타이틀을 가질 수 있음에도 자신과의 대국을 불사한 수의 의중이 이해가 가지 않았다.

"궁금해?"

"……."

"날 꺾어. 그러면 말해주마."

대화는 거기서 그쳤다.

연출의 사인이 떨어지자마자 카메라가 곧장 대국실 전경을 담으며 생방송 중계를 시작한 것이다.

돌을 가리기 직전, 준고는 크게 심호흡을 했다.

'프로 바둑기사로서 마지막이 될지도 모르는 대국이구나.'

마지막…….

준고에겐 이 단어가 몹시 익숙했다.

내기 바둑은 패배를 용납하지 못한다. 내기에 걸 돈을 잃는 순간 길거리에 나앉고 만다. 돌아보면 준고의 인생에서 바둑은 매판이 마지막이나 다름없었다.

아쉽지 않다면 거짓말이다.

좀 더 보여주고 싶은 것도 많았다. 세계기전 우승 상금으로 남은 부채도 전부 탕감하고, 한 수 아래의 기량으로 거만하게 구는 프로 바둑기사들을 사뿐히 지르밟고 싶었다.

'다 잊자. 이 대국으로 누가 위인지 확실히 가르쳐 주겠어.'

좌르륵!

돌을 가렸다.

준고가 흑을, 수가 백을 쥐게 되었다.

꾸벅.

바둑통을 바꾼 두 사람이 예의를 갖췄다.

흑을 쥔 준고가 통에서 흑돌을 집어서 첫 수를 착점했다.

탁!

화점이다.

바둑판에 표시된 아홉 개의 점 중 한 곳으로 상황을 살핀다.

수가 백돌을 집어서 놓았다.

대고목.

제4국에서 준고를 압도했던 포석의 일환이다.

'재미있네. 같은 포석에 또 당할 만큼 내가 어지간히 만만하게 보였단 거잖아?

준고는 고민할 필요도 없다는 흑돌을 집어서 남은 귀에 두었다.

탁!

고목이다.

대고목보다는 귀 쪽으로 한 자리 아래지만 현대 바둑에서는 마찬가지로 잘 두어지지 않는 자리다.

이어서 흑돌과 백돌이 차례대로 놓인다.

대고목, 고목, 외목…… 흔히 접하지 못하던 포석이건만 준고와 수는 마치 이 포석에 정통한 듯 한 치의 밀림도 없이 부딪쳤다.

'승부는 중앙이야. 여길 차지하려면 변을 먼저…… 아!'

생각에 꼬리를 물던 준고의 머리가 탁 트였다.

그간 새까맣게 잊고 있던 감정이 이 순간 다시 깨어났다.

'바둑이 너무…… 즐거워.'

Chapter 3

1

'정말 대단해. 어떻게 이렇게 바둑에만 집중할 수가 있지?'

중반의 전투에 접어들자 수는 감탄을 금치 못했다.

대국 외적인 영향으로 말미암아 집중하기가 쉽지 않은 상황이다.

그런데도 불구하고 준고는 흔들림이 없다.

오히려 앞선 대국들에 부족함이 없는, 어쩌면 더 나은 기량을 뽐내고 있었다.

'솔직히 인정하마. 넌 부러울 만치 대단한 재능을 타고났어. 지금의 나도 다다르지 못할 만큼.'

순수한 감탄이다.

나이를 감안하면 당시의 수와 비교할 수 없을 만큼 천부적인 재능을 타고났다.

'민수 아저씨의 재능을 이어받지 못했다면…….'

애초에 이 자리에 마주 앉아 준고와 대국을 두는 일은 벌어지지 않았을 것이다.

강민수의 재능이 공존한 덕에 1+1=2가 아니라, 3이상의 시너지를 만들어서야 맞먹을 수 있을 만큼 준고는 특별했다.

그렇기에 수는 너무 아쉬웠다.

준고는 그야말로 천부적으로 바둑에 대한 재능을 타고났다고 봐도 무방하다.

이대로 프로 바둑기사 자격을 박탈당한다면 바둑계의 십년 발전을 저해하고도 남을 것이다. 수는 그게 너무도 안타까웠다.

"……."

수는 슬쩍 준고를 보았다.

경쟁을 통한 바둑계의 발전을 위해서라도 준고가 이 사건을 딛고 일어나 프로 바둑기사로 계속 활동을 해줬으면 하는 게 솔직한 바람이다.

'그만. 딴생각 말고 바둑에만 집중하자.'

지금 중요한 건 이 대국이다.

첫 세계기전 우승 타이틀이 걸린 만큼 수도 절대적으로 승리를 바랐다.

탁!

대고목과 외모의 이색 포석에서 발전한 변화는 천변만화 했다.

한 시절을 풍미했던 강민수가 두었던 포석이다.

세력, 실리, 두터움…… 상황에 따라 어느 쪽으로든 유연한 대처를 만들어 중반의 전투마저 유리한 국면으로 이끌게 만든다.

탁!

수순이 오갈수록 바둑돌이 번잡하게 섞인다.

한 치의 물러섬과 양보가 없는 접전이다.

최종 대국에 두 기사가 건 각오가 얼마만큼 큰지를 알 수 있는 교환이다.

긴장과 집중으로 수의 이마에도 송골송골 땀이 맺힌다.

살얼음판 위에서 검을 겨누는 기분이다. 발을 잘못 내딛거나 상대의 검에 닿기만 해도 패하고 만다.

씨익.

수가 웃었다.

척추를 관통하는 긴장감에 온몸이 짜릿하다.

'이 느낌이야.'

심장을 옥죄는 이 느낌을 수는 즐겼다. 최정상의 상대와 견줄 수 있다는 것만으로도 그간 느끼던 갈증이 싹 가시는 느낌이다.

이 느낌에 취한다.

이 느낌에 중독이 된다.

그래서 수는 바둑을 끊지 못한다.

'너도 마찬가지지 않니, 준고?'

최고의 적수를 꺾은 자만이 손에 쥘 수 있는 희열.

그 한 송이 꽃을 꺾고자 벌이는 최후의 결전이 지금 벌어지고 있었다.

2

"이쪽을 먹여치는 수로 인해, 흑은 백 두 점을 두드릴 수 없게 됐습니다."

"그러면 뻗어야 하나요?"

"네. 단단하긴 하나 발이 느리죠. 이수 초단이 둔 이 대고목이 중반까지 판에 영향을 주고 있습니다."

김성용 8단의 해설에 힘이 실렸다.

프로 바둑기사에서 전문 해설자로 전향한 뒤 수백 판이 넘는 대국을 해설했지만 오늘처럼 그의 피를 뜨겁게 한 대국은 손에 꼽았다.

김성용 8단이 잠시 숨을 돌렸다.

"대국이 소강상태이니 잠시 뜬금없는 얘기를 드릴까 하

네요."

"네? 말씀하세요."

조혜연 2단이 운을 띄우며 말을 받았다.

"제가 해설을 맡은 동안 수많은 기사를 봤습니다. 그중에는 정말 번뜩이는 재능을 타고난 한중일의 신인 기사도 많았죠. 이를 테면 중국의 천예오예 3단이나, 한국의 원성진 4단 같은 기사들이죠."

"세계 최정상 기사라는 표현에 이견이 없는 분들이네요."

"그 두 사람이 진성화재배 결승에선가 붙은 적이 있습니다. 그때 제가 해설을 했었는데 깜짝 놀랐죠. 용과 호랑이의 대결이라는 게 이런 건가 싶을 정도로요."

"저도 그 대국 기억나요. 명선으로 자자했었죠."

"지금 이수 초단과 준고 초단의 대국을 보면 그때 받았던 느낌을 똑같이 받습니다."

김성용 8단이 아련한 표정을 지었다.

"은퇴해야겠구나."

"네?"

"데뷔 이래 최근이 제일 성적 좋거든요?"

"제3의 전성기라고들 하시죠."

"네, 저도 인정합니다. 근데 그 전성기임에도 저 둘을 보니 도무지 이길 자신이 안 드네요."

쓰게 웃으며 모니터 너머의 두 기사의 모습을 눈에 담았다.

'나이를 먹어서가 아니야. 이들의 수준은 역대 어느 기사도 넘볼 수 없을 만큼 독보적이야.'

가만히 듣고 있던 조혜연 2단도 작게 고개를 끄덕이며 동조했다.

"기왕전을 기점으로 한중일의 신예 기사 판도가 어떻게 흐를지 기대가 되네요."

"그런 의미에서 바둑 팬들을 위한 최고의 축제가 있죠."

"인천 아시안게임을 말씀하시는 거죠?"

김성용 8단이 끄덕였다.

"네! 정말 기대가 큽니다. 원성진 4단, 조한성 9단, 거기에 신예 이수 초단까지…… 축구로 치면 레알 마드리드가 부럽지 않은 호화 군단이니까요."

"조심스럽게 금메달을 기대해야겠습니다. 앗! 말을 나누는 사이 전투가 더 치열해졌습니다! 대국을 보시죠."

3

탁!

빠른 속도로 돌이 놓이며 바둑판을 채운다. 치열한 접전이니만큼 조심스럽게 둘 법도 하건만 어찌 된 이유에서인지 두 기사의 착수가 빠르다.

'긴장을 놓으면 안 돼.'

수는 눈에 힘을 주며 집중했다.

끝날 때까진 끝난 게 아니다.

마지막 순간까지 방심을 해서는 안 된다. 준고는 그 틈을 놓칠 기사가 아니다.

탁!

한 발의 물러섬이 없는 치열한 대국이 점점 끝을 고해간다.

더 이상의 공배조차 남기지 않고 채웠을 때, 두 기사는 누가 먼저 할 것이 사석을 집었다.

촤르륵!

서로의 집을 사석으로 메우며 계가에 들어갔다.

먼저 계산을 끝낸 수가 입을 열었다.

"마흔네 집. 덤까지 마흔아홉 집 반."

"……쉰두 집."

수의 손에 힘이 들어갔다.

이미 계가를 통해 승리를 짐작하고 있었지만, 막상 대국이 끝나고 난 뒤의 체감은 또 다르다.

동시에 대국의 결과를 전해 들은 제작진 측은 재빨리 모니터 자막으로 결과를 출력했다.

흑, 이수 초단 두 집 반 승!

몇 초 남짓한 자막이 사라진 뒤, 곧장 이어서 다른 자막이 떴다.

이수 초단, 18회 LIG배 기왕전 우승!

총 전적 3승 2패.

최종 대국까지 가는 접전 끝에 수가 우승을 차지했다.

입단 첫해에 세계기전 정상에 오르는 바둑 역사상 전무후무한 성과를 낸 것이다.

준고가 돌을 정리하며 자조적으로 말했다.

"꼴이 우습게 됐네요."

"뭐가?"

"그냥 다요. 겨우 다시 판에 앉았는데 진 것도 그렇고……."

수는 말없이 눈을 보았다.

대국 도중 슬쩍 보았던 눈빛과 너무도 달랐다. 힘이 쭉 빠진 채 아쉬움으로 가득 차 있었다.

"바둑 재미있지 않냐?"

"……."

준고가 시선을 피하며 눈을 내리간다.

돌아오는 대답은 없다고 생각을 할 때였다.

끄덕.

가까이서 보지 않았다면 확인조차 어려웠을 긍정의 표현

이다.

수가 옅게 웃었다.

속내를 잘 표현하지 않는 이 어린 소년의 진심을 읽었기 때문이다.

"져서 쪽팔리지? 그렇게 입방정을 떨었는데. 그지?"

"……."

"쪽팔리면 바둑 계속 둬."

준고가 다시 고개를 든다.

적의가 느껴지지 않는 눈길로 수가 진심 어린 말을 전한다.

"네가 뭘 안다고 두라 마란데……."

대답은 앙칼졌지만 목소리는 기어들어 갔다.

준고는 불법 도박과 연루됐다. 일본바둑협회에서 어떤 결단을 내릴지는 모르지만 또 프로 바둑기사로서 바둑알을 잡을 수 있을지는 미지수다.

"도망치냐?"

"누가요?"

순간적인 도발에 준고가 반발했다.

성숙하긴 하지만 아직 애다.

또 참고 저런 말을 계속 듣기엔 자존심이 매우 강했다.

"그게 아니면? 너도 남자라면 날 이겨야 속 시원하지 않겠냐?"

"……."

"나라면 오기로라도 도전한다."

수는 유치하게 자극을 하는 게 아니다.

불미스러운 일에 휘말린 준고가 이대로 바둑을 포기하기를 바라지 않았다.

그렇기에 이런 식으로나마 다시 준고가 바둑계로 돌아올 이유를 만들어주고 싶었다.

"어때? 도전해 볼래? 한다면 기다려 주고."

"……."

이번에도 준고는 말이 없다.

다만…….

끄덕.

좀 전만큼이나 작은 고갯짓. 하지만 확고한 주억거림에는 강한 의지가 실려 있었다.

"오냐. 네가 도전할 때까지 기왕 타이틀만큼은 내가 사수하마."

수가 손을 내밀었다.

"그러니까 또 도전해라."

"……!"

준고가 놀란 눈을 뜬 것도 잠시, 이내 편안한 얼굴로 손을 마주 잡았다.

악수를 끝으로 준고가 자리를 떴다.

그와 동시에 우승 인터뷰를 따내기 위해 대기하고 있던 바둑 기자들이 몰렸다. 몇몇 연예 전문기자까지 몰리면서 대국실은 순식간에 아수라장이 되었다.

　쏟아지는 질문 중에서 수가 몇 가지를 집어서 대답을 줬다.

　"지금 소감이 어떠신지?"

　"덤덤합니다. 아직 잘 실감이 나진 않거든요."

　"입단 첫해에 기왕에 올랐습니다. 바둑 역사상 전례를 찾아볼 수 없는 성적인데요, 이례적인 주인공이 된 소감이나 각오 한마디 부탁드릴게요."

　"소감이나 각오라……."

　수는 팔짱을 끼고 고민을 하다가 조심스럽게 입을 열었다.

　"좀 건방지게 들릴 거 같은데……."

　"괜찮으니 한마디 해주시죠!"

　기자들의 닦달에 수가 으쓱해 보였다.

　"오늘부터 제 시대네요."

4

　신예 초단 기사의 반란, 기왕에 오르다!
　한류스타 이수, 노! 기사 이수 세계기전마저 우승!
　천재의 양면성, 이수의 끝은 어디까지?

　수가 기왕전 타이틀을 따낸 주의 헤드라인에 걸린 기사 제

목들이다.

프로 바둑기사 이수, 기왕전, 기왕 이수 등 유명 포털 사이트 검색어 상위권도 도배하다시피 차지했다.

그 덕분에 후원사인 LIG기업 입장에서는 한류스타 수의 우승으로 인해 톡톡히 홍보 효과를 봤다고 해도 과언이 아니다.

수의 우승이 바둑의 보급에도 긍정적인 영향을 미쳐 한국기원에서도 반색했다.

진입 장벽이 높게만 느껴지던 바둑이라는 스포츠에 젊은 세대들이 조금이나마 흥미를 두고 관심을 가질 기회가 생긴 것이다.

주말 저녁.

핫라인! 연예중계라는 프로그램에서는 단독이란 타이틀을 걸고 생생한 수의 기왕전 우승 소식과 당시의 상황을 전했다.

"안녕하세요, 핫라인 식구 여러분. 캐스터 정지용입니다!"

조금은 촐싹거리는 캐릭터의 정지용이 불쑥 등장하며 상황을 소개했다.

"여긴 서울 모 지역에 위치한 호텔입니다. 지금 이곳 꼭대기 층에서 가수 이수 씨와 일본의 프로 바둑기사 준고 초단이 기왕전의 타이틀을 걸고 진검 승부를 벌이고 있다고 합니다."

그는 대국 중이라 수를 만나지 못했다. 몇 시간을 기다리고 나서야 최종 대국에서 승리하고 기왕에 오른 수와의 짧은 인터뷰를 따낼 수가 있었다.

"프로 바둑기사 이수 씨를 모셨습니다."

"안녕하세요, 가수 겸 프로 바둑기사 이수입니다."

소개가 끝나고 본론으로 들어간다.

"진짜 이만큼 핫한 남자가 또 있을까요? 중국에서 노래로 정점을 찍기가 무섭게 세계바둑기전에서 우승이라뇨. 듣자 하니 입단 첫해의 초단이 우승을 한 경우는 처음 있는 일이라면서요?"

"네, 그렇다고 하더라고요."

"노래와 바둑이란 두 가지 토끼를 다 잡을 수 있는 비결이 뭔지 살짝 귀띔해 주실 수 있을까요?"

수가 곰곰이 고민을 하다가 대꾸했다.

"비결이라면 하나 있긴 해요."

"오! 그게 뭐죠?"

한껏 기대에 부풀어가는 와중에 수의 입술이 드디어 열렸다.

"여러분의 관심과 사랑?"

"……."

80년대에도 쓰지 않을 구닥다리가 멘트에 정지용의 입술이 실룩거렸다. 그는 어색함을 감추고자 얼른 화제를 전환했다.

"최근 남성 연예인 인기투표에서 1위에 오르신 거 아세요?"

"제가요?"

"네, 혹시 뇌섹남이라고 들어보셨는지?"

"뇌섹남? 그게 뭐죠?"

수가 금시초문이라는 듯 반문했다.

"뇌가 섹시한 남자의 준말입니다. 두뇌 스포츠라는 바둑계에서 이름을 떨치고 있는 수 씨에게 새로 붙은 신조어죠."

단순히 잘생긴 게 다가 아니라, 주관이 뚜렷하고 지적인 매력이 돋보이는 남자라는 표현에 수도 매우 흡족했다.

"어감이 어색하긴 한데, 느낌이 싫진 않네요."

방송이 전파를 탄 그날 밤의 파급력은 엄청났다.

단숨에 대형 포털 사이트 검색어 1위로 뇌섹남 이수가 랭크되었다.

아침 일찍 인터넷을 통해 검색어 순위를 확인한 수가 보챘다.

"은은 씨, 이거 봐요!"

"뇌섹남 이수? 이게 뭐예요?"

"제가 뇌가 섹시한 남자래요."

수가 으쓱해 보였다.

아이처럼 좋아하는 모습이 미남, 훈남 등 많은 수식어보다도 지적인 이미지의 뇌섹남이 몹시 마음에 드는 눈치였다.

"사람들이 아직 잘 모르네요. 수 씨의 진짜 섹시한 부위는 따로 있는데."

"네? 어디요?"

몸을 돌던 고은은이 슬쩍 수의 허벅지 부근을 눈길로 훑었다.

"알면서."

"……."

연인만이 알 수 있는 것도 은밀함도 있는 법이다.

5

입신(入神).

신의 경지에 들어섰다는 의미의 이 단어는 현존하는 바둑 단수 중 최고인 9단에 오른 프로 바둑기사들을 지칭할 때 쓰는 표현이다.

천오백 년 전, 중국 양나라 무제가 품격을 9계급으로 나누면서 쓰이던 별칭인데, 현대 바둑에 들어서 고착화되었다.

"이수 9단, 이쪽을 봐주세요."

한국기원 4층에 위치한 대국실 한편에서는 이젠 고령이 된 이사, 고문들과 나란히 선 수가 사진 촬영을 진행하고 있었다.

'내가 입신이라니…….'

수의 손에는 명패와 임명장이 들려 있다. 내용을 들여다보면 9단 승단을 승계한다는 글이 적혀 있었다.

아직 실감이 들진 않았다.

입신이 뭔가?

바둑의 신이란 의미다.

감히 신이라는 표현에 빗댄 9단의 반열에 올랐다는 사실에 감개무량했다.

"바둑 역사상 전무후무한 일이야. 입단 첫해에 세계기전 우승을 하고 9단 승단이라니. 새 시대로구만, 새 시대야."

"이런 친구들이 있으니 한국 바둑의 미래는 밝아."

한 갑을 넘겨 고문이나 이사로 물러난 노기사들은 세월의 무상함을 이야기하며 추억했다.

수의 입장에서는 말 한마디 건네기 힘들 정도로 어렵다 보니 그저 웃고만 서 있었다.

개중 한국기원의 고문도 역임 중인 진인수 감독이 다가와 악수를 건넸다.

"여어! 9단, 승단 축하하네."

"감사합니다, 감독님."

"잠시 할 얘기가 있는데, 가능한가?"

"네."

두 사람은 회의실로 자리를 옮겼다. 그곳에는 단증 수여 전에 인사를 나눈 적이 있던 한국기원 고문과 이사들도 상당수 자리를 지키고 있었다.

'무슨 일이지?'

수를 주목하는 걸로 보아 이곳에 부른 용무가 따로 있음을 직감했다.

"앉게."

진인수 감독이 권한 자리에 엉덩이를 붙이고 앉았다.

일전에 고은은의 비자 문제로 도움을 줬던 조치현 9단 겸 기술위원이 의견을 전달했다.

"다름이 아니라, 진 고문을 통해서 자네를 부른 이유는 아시안게임 선수 선발 때문이라네. 관련해 들은 얘기는 있고?"

"자세히는 듣지 못했습니다."

"그런가? 간략하게 추리면 곧 엄선한 프로 바둑기사들을 선출해 상비군을 꾸려 대표 선발을 할 생각이네."

수가 고개를 끄덕였다.

아시안게임은 개인이 아닌, 태극기를 가슴에 달고 국가의 대표로 출전하는 대회다. 하물며 자국인 인천에서 열리는 만큼 더 뜻이 깊다.

"최근 자네의 상승세는 경이로울 정도야. 입단 첫해에 기왕전 우승이라니. 할 수만 있다면 꼭 아시안게임에 데려갔으면 하네. 진 고문도 추천을 하고."

"아."

"근데 말이야, 곤란한 일이 생겨서 말이지. 규정상 상위 랭킹 10위에 들지 못하는 기사는 국가대표로 뽑힐 수가 없다는 거네."

"······!"

수의 눈동자가 흔들렸다. 동시에 표정도 굳어졌다.

다른 것도 아닌 국가대표다. 우리나라를 대표하는 선수다.

어려서부터 국가대표 선수들을 보며 성장했다. 가슴에 태극기를 달고 뛰는 그들의 모습을 보며 소속감과 하나 됨을 느꼈던가.

그러나 규정상 수는 대표팀에 들 가능성이 낮다.

올해 입단했다 보니 꾸준히 쌓아둔 랭킹 포인트가 적을 수밖에 없다. 죽기 살기로 대국수를 늘린다 해도 될까 말까다.

"근데 이게 또 애매한 게, 자네가 타이틀을 보유하고 9단에 승단했단 거지. 그런 상승세의 기사를 규정 때문에 뺀다? 그건 말이 안 되거든."

국가대표 선발의 기준은 어디까지나 성적이다.

좋은 성적은 기사의 실력에 좌지우지된다.

그런 맥락에서 볼 때 수라는 카드는 한국 대표팀에게는 조커나 다름없다.

"규정은 바꿀 수 없고, 고민 끝에 내린 결론이 자네를 특별선수로 추천하자는 거네."

"특별선수 추천이요?"

"일종의 특례지. 랭킹 포인트도 부족하고, 상비군 자격도 안 되지만 한국기원 이름으로 선수로 선발을 하는 거지."

'일종의 와일드카드 느낌이네?'

최근 수의 기세는 절정이다.

올해 승리한 기사들의 면모만 되돌아봐도 무시무시하다.

아시안게임에서 호성적을 기대하는 한국기원 입장에서는 수의 존재가 절실했다.

조치현 9단이 상체를 살짝 구부리며 턱을 괴더니 말을 이었다.

"특별선수 추천은 매우 이례적인 일이네. 형평성 논란이 일 수 있거든. 그러다 보니 자네의 뜻이 더더욱 중요하게 작용하지."

"제 뜻이요?"

"국가대표의 무게를 짊어질 자세."

"……!"

이 자리에 수를 부른 이유는 간단하다.

국가대표는 어디까지나 국가를 대표하는 선수다. 실력도 실력이지만, 명예를 짊어지고 매 판에 최선의 수를 둘 자격을 갖춰야 한다.

과거만 하더라도 국가대표는 영광의 상징이었다.

최고의 선수들만이 국가를 대표하여 태극기를 달 수 있는 명예를 가졌다.

그러나 최근 들어선 그런 애국심이 많이 희미해졌다.

금전적인 보장도 없이, 일방적인 희생만을 강요하는 국가대표에 매력을 느끼지 못하는 것이다.

바둑도 비슷하다.

금전적인 부분에선 마찬가지로 보장을 받지 못한다.

솔직한 심정으로 말하자면 같은 기간 동안 국내기전에 참가하거나 지도대국을 하는 게 수입적인 측면에서는 더 낫다.

그런 이유로 그들은 특별선수 추천에 앞서 수의 마음가짐에 대해 확인받고 싶어 했다.

"감당할 수 있겠나?"

"……."

"형평성을 무시하고 자네를 국가대표로 선발을 해도 될 준비가 되었나?"

조치현 9단의 물음에 고문과 이사들이 수를 주시했다. 어떠한 대답이 나올지 심히 궁금해하는 눈치다.

'내 선택만 남은 건가?'

국가대표.

태극기를 가슴에 다는 상상만으로도 가슴이 벅차오른다. 우리나라를 대표해 명예를 걸고 경쟁을 하는 것만으로도 피가 뜨거워진다.

'나도 어쩔 수 없는 한국인의 피가 흐르네.'

고민은 여기까지면 족하다.

지금 수가 느끼는 심장박동과 몸속에 흐르는 온기가 각오를 증명한다.

"준비나 자격을 묻는다면 아직 잘 모르겠네요."

"……."

모호한 대답에 잠깐이지만 이사와 고문들의 얼굴에 실망감이 서린다.

"다만."

스윽!

수가 가볍게 주먹을 말아 쥐더니, 가슴을 퉁퉁 두드렸다.

"국가대표 마크, 제가 한번 감당해 보고 싶습니다."

Chapter 4

1

이틀 전 밤의 일이다.

거실 소파에 앉아 게으름을 피우던 원성진 4단은 한 통의 전화를 받았다.

—저예요, 선배.

발신자는 수였다.

"우승 자랑하려고 전화했냐? 이 얄미운 놈아."

—그러게요. 기다렸는데 전화 한 통 안 주시네. 진심 너무 하시다.

"총 맞았냐? 내가 왜?"

원성진 4단은 사탕을 뺏긴 어린아이처럼 심통을 부렸다.

올해 생긴 세계기전 우승 타이틀 보유자의 9단 승단의 첫 주인공이 본인이 되지 않았다는 사실이 못내 아쉬운 까닭이다.

그런 이유로 원성진 4단은 축하 전화조차 하지 못했다.

'축하? 배 아파 죽겠는데 내가 미쳤어?'

비록 두 사람이 선의의 라이벌로 서로 도움을 주는 관계이기는 하지만 원성진 4단의 성격이 무조건 좋은 게 좋다는 식은 아니다. 그야말로 자신이 앞서가야 직성이 풀리는 성격인 것이다. 어려운 시기에 도움을 주는 일이라면 모를까 뒤늦은 공치사는 질색이었다.

─그러면 전화 끊어야겠네요. 선배 해주기로 한 소개팅은 취소할게요.

"잠깐! 스톱!"

삐진 소년처럼 투정을 부리던 원성진 4단의 목소리가 비굴해졌다.

"이거 왜 이러시나, 우리 사이에. 서운한 거 있으면 다 풀라고, 동생. 원하는 거 뭐 있어?"

─없어요. 사실 해주신 게 얼만데.

"그지? 내가 생각해도 내가 늘 밑지긴 했어."

─…….

수화기 너머의 수에게서 말이 없자 원성진 4단이 얼른 말을 바꿨다.

"소개팅이 언제라고? 어, 토요일 저녁 6시에 이태원 근처 레스토랑 안나푸르나. 오케이. 잠깐! 끊기 전에 하나만 물어보자."

―뭐요?

"은은 씨보다 예쁘냐? 안 예쁘면 곤란한데."

뚝!

수는 듣기 싫다는 듯 일방적으로 전화를 끊어버렸다.

원성진 4단은 신호음만 들리는 휴대전화를 보며 구시렁거렸다.

"하! 선배를 대하는 태도가 영, 존경심이라곤 느껴지지 않아."

수에 대한 질책이 담긴 말이지만 원성진 4단의 말투와 표정에는 전혀 노기가 서려 있지 않았다. 오히려 소개팅을 앞두고 마주하게 될 여성에 대한 기대감으로 한껏 달아올랐다.

"그냥 평범했으면 더 바랄 게 없겠다. 키는 딱 내 어깨까지만 오고, 눈은 뭐…… 쌍꺼풀은 없어도 좀 커주고, 계란형에 코는 좀 오똑한 편? 머리 길이야 길든 짧든 상관없으니 스타일만 좀 스커트가 잘 어울리는 여자가 나와주면 좋겠는데."

누가 들었다면 욕했을지도 모른다.

그가 바라는 여성상은 절대 미인이 아니고서는 수용할 수 없는 레벨이기 때문이다.

이태원 레스토랑 안나푸르나.

인도 카레 전문 요리점인 이곳은 손님들로 붐볐다. 주말이기도 했지만 양고기 커리와 탄두리에 갓 구워낸 난의 맛이 워낙 일품인지라 찾는 손님이 많았다.

그곳에 트렌치코트로 한껏 멋을 낸 원성진 4단이 들어왔다.

"예약했는데."

"아, 네. 성함이?"

종업원이 예약리스트 뒤적이며 물어봤다.

"이수요."

"아! 여기 있네요. 바로 안내해 드리겠습니다."

전면 유리창 밖으로 이태원의 거리가 한눈에 보이는 자리로 안내를 받았다.

"주문은 일행이 오면 할게요."

"네, 손님."

깍듯하게 예의를 갖추고 종업원이 물러났다.

다른 테이블과 거리도 동떨어진 테이블은 유리창 밖의 이태원 거리 분위기와 어울려 그윽함을 자아냈다.

수가 소개팅의 성공을 바라며 특별히 신경 써서 예약을 해준 곳이다.

"흥! 내가 해준 게 얼만데, 이 정도는 해줘야지. 암."

당연히 받을 걸 받는 거라며 자기 합리화를 하는 원성진 4단이다.

손목의 시계를 보니 약속 시간까지는 오 분 정도 여유시간이 남아 있었다.

원성진 4단이 긴장한 듯 손바닥을 비볐다.

"어떤 분이 오시려나?"

모처럼의 소개팅에 한껏 들뜬 마음으로 시간을 흘려보내고 있을 때였다.

딱! 딱!

저 멀찌감치에서 종업원의 안내를 받은 한 여성이 대화를 나누는 모습이 보였다.

거리가 좀 있는 까닭에 미모는 확인이 어려웠으나 몸매만큼은 일품이었다. 겨울인지라 코트를 걸치고 있음에도 감춰지지 않을 만큼 볼륨감이 넘친다.

'와! 라인이 아주……'

원성진 4단이 침을 꿀꺽 삼켰다.

'저분이 소개팅녀라면 오늘 죽어도 여한이 없을 텐데!'

속물적인 근성을 숨기지 않고 눈을 빛내며 이쪽으로 오라며 마음속으로 아우성을 쳤다.

또각! 또각!

설마 했는데, 종업원의 안내를 받아 이쪽으로 온다.

'설마, 설마.'

괜히 헛물켜지 말자며 외면하려고 했지만, 그럴수록 가까워지는 그녀의 존재감에 원성진 4단의 가슴이 쿵쾅거렸다.

"여기입니다, 손님."

"……!"

원성진 4단의 눈에 힘이 들어갔다.

마음속으로나마 간절히 바라던 일이 현실이 된 것이다.

'올레!'

당장에라도 만세삼창을 하고 싶은 기분을 억누르며 얼른 앞선 자리를 권했다.

"어서 오세요! 자, 이쪽으로 앉으세…… 어? 어!"

소개팅녀와 눈이 마주친 원성진 4단이 강한 의아함을 느꼈다.

'낯이 익는데?'

차츰 시선이 그녀의 얼굴에 머무르는 시간이 길어진다.

그보다 한 템포 빠르게 소개팅녀가 윽박을 질렀다.

"왜 성진 씨가 여기 있는 건데요!"

설마 하는 추측은 소개팅녀의 입을 통해 확신으로 바뀌었다.

"혹시 김수진 기자님?"

"설마 성진 씨가 제 소개팅남은 아니죠? 우연히 약속이 겹친 거죠?"

"예약자명 이수. 기자님은?"

"……"

부정은 곧 긍정인 법이다.

그때 마침 두 사람의 휴대전화로 동시에 문자메시지가 도착했다.

인연은 가까운 곳에 있대요. 화이팅!

두 사람의 입술이 움찔거렸다.

'이수, 이 자식!'

'수 씨, 진짜 너무하네.'

약속이라도 한 듯 소개팅 주선자에게 동시에 원망을 던졌다.

충격을 받은 두 사람은 서로 마주 보고 앉은 채 한동안 말이 없었다.

프로 바둑기사와 바둑 전문 기자의 관계로 주기적으로 얼굴을 봐왔던 사이였지만 첫 만남 이후로 오늘처럼 말이 없고 어색하긴 처음이었다.

먼저 정신을 차린 건 원성진 4단 쪽이었다.

'그건 그거고 못 알아볼 뻔했네. 화장을 하니까 전혀 다른 여자잖아? 꽤 괜찮기도 하고.'

여자는 화장 전과 후가 다르다고 하던가?

늘 민낯에 청바지와 티 한 장을 유니폼처럼 입던 김수진 기자의 여성스러운 모습을 처음으로 마주한 원성진 4단은 자꾸만 그녀에게 눈이 갔다.

"주문 먼저 할까요?"

메뉴를 선택하고 주문을 하려는데 김수진 기자가 한마디를 보탰다.

"가볍게 맥주 한잔 어때요?"

"저야 좋죠."

저녁 식사에 맥주까지 곁들였다.

처음엔 어색했지만 이야기를 주고받을수록 분위기는 한결 부드러워졌다.

"하! 수, 이 녀석 그렇게 안 봤는데 너무해. 어쩜 이리 감쪽같이 우릴 속일 수가 있지?"

"그죠? 나도 완전 당했다니까요. 아니, 이게 말이 돼요? 뻔히 나랑 성진 씨를 엮어준다고요? 그게 말이 돼요?"

김수진 기자가 속이 답답하다는 듯이 턱을 살짝 치켜들곤 맥주를 발칵발칵 들이켰다.

그 모습을 바라보는 원성진 4단의 시선이 뭔가에 홀린 듯 빨려 들어갔다.

'저 목선 봐.'

시선은 본의 아니게 좀 더 아래로 향한다.

꿀꺽!

평소에는 의식하지 못했던 김수진 기자의 글래머러스한 가슴이 눈길을 사로잡는다.

'워, 원래 저렇게 컸었나?'

시간이 흐를수록 빈병이 테이블 한쪽에 쌓여갔다.

수의 뒷담화로 대동단결하여 이어지던 분위기는 점차 두 사람만의 대화로 화제가 넘어가며 화기애애한 분위기가 이어졌다.

"진짜 솔직히 프로 바둑기사들 너무해요. 기사 쓰는 사람들 생각을 눈곱만큼도 안 한다니까. 맨날 열심히 했어요가 단골 멘트야, 아주."

"난 안 그러는데요?"

"내가 그래서 성진 씨를 좋아한다니까. 그런 의미로 우리 짠?"

"짠!"

흥이 난 두 사람은 맥주병이 깨지지 않을까 우려스러울 정도로 세게 부딪쳤다.

가득 찬 위장에 더는 아무것도 들어갈 공간이 남지 않을 만큼 술로 배를 채운 두 사람이 레스토랑을 나왔다.

알딸딸하게 오른 술기운에 말까지 잘 통하자 이대로 헤어지기 아쉽다는 생각이 들었다.

'한잔 더 하자고 할까?'

원성진 4단이 잠시 머뭇거렸다.

수에게 속아 소개팅으로 나왔다. 처음에는 실망스러웠으나 김수진 기자의 이렇게 예뻤나 싶을 정도의 색다른 모습에 솔직히 호감이 생겼다.

'어쩌지, 얘기를 해, 말아?'

말을 해야 할지 말아야 할지 머뭇거리던 때였다.

"성진 씨, 우리 한잔 더 할래요?"

"……!"

3

수는 아침부터 정신이 몽롱했다.

어젯밤 늦게까지 의뢰가 들어온 곡의 작사를 하느라 잠을 설쳤던 까닭이다.

오늘 급한 일이 있으니 사무실에 꼭 들러달라는 스카이블루 박성인 지점장의 부탁이 없었다면 이 시간에 집을 나오는 일은 없었을 것이다.

"그건 그거고 선배랑 김수진 기자님한테 연락이 없네?"

철이 들지 않은 원성진 4단과 자기주장이 확실한 김수진 기자가 내심 잘 어울린다는 생각이 들어서 소개팅을 주선했다.

서로 마음에 들지 않는다면 어떤 식으로든 수에게 전화를 해서 트집을 잡고 화를 낼 터인데 아무런 연락이 없다.

"설마 둘이 같이 있는 거 아냐?!"

세단을 몰아 운전을 하던 수가 고개를 저으며 부정을 했다.

"설마 진도를 그리 빨리 뺐겠어? 기다리면 전화 오겠지."

궁금하긴 했지만 느긋하게 마음을 먹고 운전에 집중했다.

스카이블루 사무실에 도착하자 박성인 지점장이 반갑게 맞이했다.

"오셨어요? 이쪽으로 앉으세요."

권해주는 자리에 앉은 수가 자신을 호출한 이유에 대해 물었다.

"급한 일이란 게 뭐예요?"

"숨이라도 돌리고 물어보시지. 실은 프로그램 섭외 요청이 와서 그걸 상의하고자 오시라고 했어요."

"섭외요?"

"네. 이게 뭐랄까? 수 씨한테 온 섭외이긴 한데, 넓게 보면 저희 기획사 스카이블루의 명함도 달아야 하는 일이라서요."

"요점만 얘기를 해주실래요?"

답답한지 수가 요지부터 묻자 박성인 지점장이 의미심장한 표정으로 말했다.

"K팝스타들에서 심사위원 섭외 요청이 왔습니다."

"……!"

깜짝 놀란 수의 동공이 흔들렸다.

K팝스타들은 홍수처럼 범람하는 오디션 프로그램 중에서

도 단연 시청률과 이슈로 가장 앞서가는 프로그램이다.

한 인간의 인생에 맞춰 제작진이 깊게 관여하는 슈퍼스타Z 와 달리 K팝스타들은 대한민국에서 손꼽히는 기획사 사장들 이 심사위원으로 참여하여 기획사 트레이닝 시스템을 차용한 다.

또 한류를 이끌 스타의 배출을 목표로 하다 보니 장래가 유 망한 어린 재능들의 출연이 빗발친다.

'현규가 작년에 K팝스타들에서 우승했지?'

K팝스타들과 수의 인연은 깊다.

지난 시즌 결승전에서 현규의 프로듀싱을 맡아주면서 우 승에 도움을 준 전력도 있다.

"솔직히 전 잘 이해가 안 가요. 심사위원은 기획사 대표님 들 아니세요? 객관적으로 제가 심사위원으로 나가기엔 나이 도 어리고 경력도 너무 짧은 거 같아요."

전 시즌 K팝스타들 심사위원들의 면면은 화려했다.

모두 글로벌 한류의 주역들을 키워낸 대한민국에서 손꼽 히는 기획사의 대표들이었다. 가수나 프로듀서로서 걸어온 길만 돌아보더라도 흠잡을 게 없을 만큼 한국대중가요에 지 대한 영향을 끼친 인물들이다.

그들과 수가 동등한 심사위원이 된다?

너무 과분한 자리라는 생각이 들었다.

박성인 지점장도 동의했다.

"수 씨의 말씀 중 하나도 틀린 게 없습니다. 저번 시즌에 이어 심사위원으로 참가하는 TG엔터테인먼트의 양태석 대표님이나 기획사 다다의 대표 박준형 대표님에 비하면 수 씨가 많이 부족한 게 사실이니까요."

"그런데 왜 제게 심사위원 제의가 온 거죠?"

"실은 외적인 부분이 크게 작용했어요."

"외적인 부분?"

박성인 지점장이 차분하게 말을 이었다.

"저희 스카이블루가 K팝스타들 공식 후원 기획사로 참여하게 됐거든요."

"중국 기획사인데도 그게 가능해요?"

"안 되는 걸 되게 하는 게 돈이죠."

"……."

수는 묵언의 수긍을 했다.

중국 자본의 힘은 그야말로 무시무시하다.

제작비 100억이 넘어가는 영화의 상당수는 중국 자본으로 만들어진다. 국내 시장에서 그치는 게 아니라 중국 시장까지 염두에 둔다면 100억이라는 제작비도 그들 입장에서는 전혀 큰돈이 아닌 셈이다.

'돈이면 안 될 게 없지만, 그래도 사람들의 인식을 바꿀 수 있을까?'

스카이블루는 중국에 기반을 둔 기획사다.

아무래도 한류를 주도하고 내로라하는 스타들을 배출한 국내 기획사들에 비해 인지도가 많이 부족할 수밖에 없다.

수가 알기로 현재 계약 중인 연예인은 수와 고은은이 다다.

'솔직히 나라도 스카이블루를 선택할 것 같진 않아.'

조심스럽게 추측은 해봤으나 비관적이다.

지명도야 그렇다 치더라도 시스템이나 보여줄 만한 소속 가수가 없다는 점에서 경쟁력이 있을지도 의문이 들었다.

또 생소한 중국 활동까지 감안하게 되면 더더욱 꺼려질 게 뻔하다.

"수 씨가 뭘 염려하고 걱정하는지도 압니다만, 걱정하지 마십시오. 이미 생각하시는 것 이상으로 많은 부분에서 투자를 했거든요."

"투자?"

박성인 지점장이 씨익 웃었다.

"이 사무실에서 수 씨를 뵙는 것도 오늘이 마지막일 겁니다. 다음 미팅부터는 신사동 쪽에 위치한 백억 규모의 스카이블루 사옥에서 보게 될 겁니다."

"배, 백억이요?"

"프로듀서와 안무가, A&G 등 실무를 담당할 이들도 아시아 최고 수준으로 스카웃했습니다. JJ 출신의 김수덕 씨나 국보소녀 1집부터 3집까지 안무를 담당했던 터틀맨부터 또 누가 있더라……."

"······."

수의 입이 떡 벌어졌다.

신사동에 100억짜리 사옥을 산 것도 놀라운데, 그가 고용했다고 언급하는 인물들의 경력과 면모가 죄다 너무 화려한 까닭이다.

"스카웃이 쉽지 않았을 텐데요?"

"생각만큼은 어렵지 않았습니다. 받고 계시는 연봉의 딱 두 배를 드린다고 했거든요."

'돈지랄 보소.'

수는 중국 자본의 파괴를 뼈저리게 실감했다.

아니, 그 이전에 그들의 치밀함에 놀라지 않을 수가 없었다.

'하루 이틀에 준비한 일이 아니야. 스카이블루는 나를 통내 한국에 진출할 때부터 물밑 작업을 하고 있던 게 분명해.'

중국 자본의 진짜 무서운 점이다.

불과 몇 년 전까지만 해도 돈의 힘만 앞세웠지 쓸 줄 모른다는 평가가 지배적이었다.

그러나 이젠 다르다.

그들은 철저한 시장 조사에 더해 선진화된 시스템을 받아들이며 적재적소에 투자를 감행해 한국의 대중문화사업에 깊숙이 개입하기 시작했다.

"세팅은 끝났습니다. 이제 세상에 선보일 일만 남은 거죠.

스카이블루를 대표할 이미지를 지닌 누군가의 손을 통해."

"저군요."

수는 단번에 의도를 알아챘다.

"네. 규모를 갖추었다고 해도 스카이블루는 아직 생소합니다. 그런 맥락에서 볼 때 수 씨야말로 전면에 서시기에 안성맞춤이죠."

"그렇다고 해도 심사위원으로 제가 나서기엔 경력이나 자격이 좀……."

수는 아무래도 조심스러웠다.

냉정하게 수의 인지도와 경력 등의 측면에서 볼 때 심사위원으로 나설 경우 오히려 대중들의 인정을 받지 못하고 지탄의 대상으로 전락할 가능성도 배제할 수 없기 때문이다.

"그런 말씀은 하지 마세요. 일전에 YM의 장이슬 양도 이승만 대표를 대신해서 K팝스타들의 심사위원을 맡은 전력이 있지 않습니까?"

"장이슬 양은 11살에 데뷔했죠. 경력만 해도 15년이 넘는 실력파 가수입니다. 저와 비교를 하시는 건 좀 아닌 거 같네요."

"그게 중요한가요? 전 실력으로 치면 장이슬 양보다 수 씨가 훨씬 낫다고 생각 되는데요?

"지점장님, 그런 말씀은 자제해 주세요."

수가 낮은 목소리로 눈치를 줬다.

본 적도 없지만 장이슬은 선배 가수다. 또 가창력을 비견하는 건 민감한 사항이다 보니 아무래도 언급하기가 꺼려졌다.

스윽!

박성인 지점장이 안경을 올려 쓰더니 차분하게 말을 이었다.

"한국은 참 특이하네요. 의미 없는 것에 연연을 많이 합니다. 경력보다 중요한 건 실력 아닌가요? 나이가 어리더라도 더 객관적인 심사를 할 수도 있지 않나요?"

"……."

"전요, 그런 구태의연한 것에 신경을 쓰고 싶지 않습니다. 제 두 귀로 들은 수 씨의 음악으로 판단을 내렸고, 후회는 없기에 본사에도 강력하게 심사위원으로 수 씨를 추천한 거고요."

찰나였지만 박성인 지점장의 말에서 수는 진심을 느꼈다. 확고하지만 흔들림 없는 그의 눈길에서 거짓이 보이지 않은 까닭이다.

"아직도 망설여지시네요?"

"네."

"한마디만 더 드리죠. 저번 K팝스타들 우승자 김현규 씨에게 개인적으로 음악을 가르쳐 주셨다고 하셨죠?"

수가 고개를 끄덕였다.

첫 상해를 방문했을 때 만나게 된 현규 엄마와의 인연으로 음악을 가르쳐 주었다.

"오디션 프로그램 출신인 수 씨야말로 참가자의 눈높이에
서 조언을 해주실 수 있을 겁니다. 간절하게 노래를 하고 싶
은 참가자들에게 수 씨의 한마디는 뼈와 살이 될 겁니다."

"저 말고도 더 뛰어나신 심사위원분들이……."

"아뇨. 그분들은 절대 못합니다."

"어째서 단언을 하시죠?"

"노래를 하고 싶으나 하지 못하는 그 절박함을 그분들은
절대 모르니까요."

"……!"

수의 동공이 크게 흔들렸다.

슈퍼스타Z 생방송 경연 도중 돌발적인 행동으로 인해 강제
적으로 음악 활동을 제재당했다.

그 당시 느꼈던 간절함은 경험해 보지 않은 이들은 절대 알
지 못한다.

"저마다 그 이유는 다르겠지만, 수 씨는 그 아픔을 누구보
다 잘 알 테죠."

"……."

"당신의 진심과 재능을 전해주세요. 참가자들에게 희망이
될 수 있게."

이제 남은 건 수의 선택이다.

4

"……."

잠이 깬 김수진 기자가 눈을 깜빡거린다.

초점이 맞춰지며 돌아오는 시야 너머로 정신도 돌아온다.

낯선 천장과 피부에 닿는 보드라운 솜이불, 물컹물컹하지만 몸을 감싸주는 편안한 느낌의 물침대와 생소하기 그지없는 모든 감촉 중에서도 가장 이질적인 누군가의 체온을 느끼자 정신이 번쩍 들었다.

'맙소사, 내가 뭔 짓을 한 거지?'

부정하려고 했지만 한 이불을 덮고 옆에 잠이 든 원성진 4단을 보니 기억은 더욱 선명해졌다.

2차로 갔던 술집에서 분위기가 너무 좋았던 나머지 3차를 간 게 화근이다.

눈을 떠보니 모텔 침대 위에 함께 누워 있는 게 아닌가.

'술이 원수지, 원수! 아…… 머저리야. 어쩌려고 감당도 안 될 이런 대형 사고를 친 건데?!'

머리를 뜯어내며 자학을 했지만 그런다고 달라진 건 없었다.

아무리 분위기가 좋았다고 해도 그렇지 빨라도 너무 빠른 진전이다. 술기운의 실수라고 뚝 잡아떼기엔 직업상 부딪칠 수밖에 없기에 그것도 곤란하다.

"어? 일어났어요?"

원성진 4단이 상체를 일으켜 세웠다.

운동을 게을리하는 여타의 프로 바둑기사와 달리 떡 벌어진 어깨와 단단한 근육이 눈길을 끌었다.

'어머!'

그의 맨살을 보니 어젯밤 일이 떠올라 김수진 기자의 얼굴이 확 달아올랐다.

그러면서도 시선은 힐끗힐끗 자꾸만 원성진 4단의 몸으로 향한다.

'이, 이런 말 좀 낯부끄럽긴 한데…….'

술기운에 취해 선명하게 기억나진 않지만 이거 하나만큼은 잊을 수가 없다.

'……좋긴 했어.'

원성진 4단의 입버릇대로라면 여자 경험이 전무한 걸로 아는데 도대체 어디서 배웠는지 의심스러울 만큼 스킬이 화려했다.

술에 취했다고는 하지만 도대체 몇 번을 한 건지.

원성진 4단도 뭐가 그리 수줍은지 눈도 못 마주치고는 묻는다.

"저, 저 수진 씨."

"네?"

"저 괜찮았어요? 처음이라…….'"

김수진 기자의 얼굴이 화끈 달아올랐다. 눈도 마주치지 못하고 고개를 돌린 채 자그맣게 대답했다.

"네, 뭐……."

긍정적인 뉘앙스의 대답을 듣고 나자 원성진 4단의 얼굴 안색이 환해졌다.

"그러면 오늘부터 우리 1일 맞죠?"

"1일요?"

사귀자는 말도 못 들었는데 1일?

그게 무슨 소리냐는 듯이 김수진 기자가 쳐다봤다.

"어제 그러셨잖아요. 만족시켜 주면 오늘부터 사귀어준다고. 설마 기억 안 나세요?"

"……."

"나 굉장히 열심히 했는데……."

원성진 4단이 실망 어린 표정을 지었다.

반대로 김수진 기자는 쥐구멍에라도 숨고 싶은 심정이었다.

'미쳤구나, 김수진. 만족이 어쩌고 어째? 미쳐도 단단히 미쳤구나.'

자책에 자책을 거듭하던 김수진 기자가 침을 꿀걱 삼키며 말했다.

"1일 해요. 사귀면 되잖아요."

"그, 그럼 어제는?"

김수진 기자가 고개를 돌리곤 기어 들어갈 것 같은 목소리로 대답했다.

　　"마, 만족했어요. 그것도 꽤……."

　　원성진 4단의 표정이 환해졌다.

　　태어나 이렇게 밝은 미소를 지어본 적이 있을까 싶을 정도로.

Chapter 5

1

마지막 한파라는 뉴스가 줄을 잇는다.

겨울의 끝을 고하듯 더 매서워진 추위에 사람들은 외출마
저 꺼린다. 할 수 없이 거리로 나온 사람들은 옷을 꽁꽁 싸매
고 연인에게 달라붙어 체온을 나누며 추위와 싸운다.

"추워도 너무 춥네. 하필이면 오늘 녹음이 있을 게 뭐래?"

차창 밖으로 휙휙 지나가는 거리를 보는 수는 지쳐 보였다.

LIG배 기왕전 우승 이후로 대부분의 시간을 보금자리에서
보냈다.

그렇다고 해서 느긋하게 쉬었던 건 아니다.

대치동 살쾡이의 명성이 올라가면서 작사 의뢰가 무더기

로 쏟아진 까닭이다.

지금도 그랬다.

매니저 승원이 운전하는 밴을 타고 이동 중인 와중에도 태블릿 PC를 손에서 놓지 못한다. 귀에서 흘러나오는 곡을 들으며 조금이나마 영감을 받아 가사를 적어 내려간다.

지이잉!

주머니에 넣어두었던 휴대전화가 울린다. 발신인을 보니 이상민이다.

─작업 끝났어?

"아직 못 했어요."

─야! 그거 내일까지야. 어쩌려고 그래?

"좀! 형, 재촉하지 마요. 안 그래도 힘들어 죽겠는데. 아니, 그니까 의뢰를 왜 자꾸 받아요. 저도 숨 좀 돌립시다!"

이상민은 짜증을 받아주기는커녕 되레 목소리를 높였다.

─너만 힘드냐? 하루에 작사 의뢰로 오는 전화만 열 통이 넘어. 그거 일일이 이유 들먹거리면서 거절하는 나는 쉬운 줄 아네.

"전화기 꺼버려요."

─얘가 이기적으로 말하네? 요샌 인마, 작곡에 프로듀서 의뢰까지 들어와서 거절하는 일도 보통이 아니거든?

"……진짜 짜증 나네."

─뭐? 너 지금 나한테 짜증 난다고 한 거야?

이상민이 날카롭게 반문한다.

아무리 친한 형과 동생 사이라도 할 말이 있고 못 할 말이 있다.

"나요, 나! 난 왜 이렇게 잘난 거야? 좀만 못났어도 이렇게 짜증 안 날 텐데."

—…….

수화기 너머로 침묵이 이어진다.

일전에 방문한 적이 있는 TG엔터테인먼트의 사옥이 차창 밖으로 보이자 수는 통화를 마무리 지었다.

"저 이제 녹음 들어가야 해요. 오늘 지아 씨 신곡 피처링이라."

—와! 누군 지하실 같은 녹음실에 갇혀서 피똥 싸는데 국보소녀 지아랑 데이트? 더러워서 끊는다, 끊어!

뚝! 뚝!

수화는 어처구니가 없다는 듯 액정을 한 번 쳐다보곤 휴대전화를 주머니에 욱여넣었다.

마침 밴도 TG의 사옥 주차장에 정차했다.

차에서 내려 사옥 입구로 향하자 어떻게 알았는지 국보소녀 지아가 손을 흔들며 아는 척을 했다.

"오빠! 여기에요, 여기!"

너무도 반갑게 맞이해 주자 수도 덩달아 기분이 좋아졌다.

"추운데 왜 나와 있어요? 목 상하게."

"딱 도착할 것 같아서 마중 나왔죠! 완전 고맙지 않아요?"

"썩……."

지아가 곱게 눈을 흘겼다.

"가끔 보면 너무하다니까. 들어가죠. 추워요."

두 번째 방문한 TG의 사옥은 다시 봐도 눈길을 끌 만큼 근사하고 화려했다.

일 층 로비부터 소속 가수와 배우들이 수상한 트로피와 각종 포스터가 세련되게 장식되어 있었다.

두 사람은 그간의 안부를 물으며 엘리베이터 쪽으로 걸어갔다.

띵!

그때 엘리베이터 자동문이 열리며 낯선 남자 한 명이 보였다.

기생오라비마냥 곱상한 얼굴과는 대조적으로 삐딱해 보이는 눈매.

묘하게도 낯이 익은 그와 눈이 딱 마주치자 반사적으로 이름이 튀어나왔다.

"박정수?"

수와 눈앞의 남자는 절대 잊을 수 없는 악연으로 엮여 있었다.

슈퍼스타Z 출연 당시에 수로 하여금 생방송 무대 도중 자진 하차를 결정하게 만든 바로 그 당사자이기 때문이다.

기사로 접하기론 슈퍼스타Z에서 준우승을 했다고 듣긴 했으나 크게 관심을 두지 않았다. 그런데 여기서 볼 줄이야.

"어? 이수 씨 맞죠?"

박정수도 한눈에 수를 알아봤다.

의아한 건 서로의 감정이 좋지 않음에도 불구하고 박정수의 목소리가 반가워 보였다는 점이다.

"그러게요. 이렇게 또 볼 줄은 몰랐는데."

"여긴 어쩐 일로 오셨어요? 아! 오늘 지아 녹음이 있다고 했지. 피처링?"

"네, 뭐."

'왜 갑자기 친한 척이지?'

수는 못내 짜증이 났다.

버릇이나 습관은 고칠 수 없지만 썩은 사람의 인성은 바뀌지 않는다고 수는 믿었다. 대꾸는 하고 있지만 대화를 나누고 있는 내내 불쾌했다.

지아가 툭 한마디 쐈다.

"안 내려요?"

"아! 미안. 너무 반가워서 나도 모르게."

박정수가 얼른 엘리베이터에서 내렸다. 그러면서 수에게 계속 말을 걸었다.

"발표한 곡 들었어요. 좋던데요?"

"귀에 맞다니 다행이네요."

"요새 중국에서 뜨겁다면서요? 얼마 전 게릴라 콘서트에서도 프로그램 역대 최다 관객 수 동원하고."

"······."

"부럽다. 본인 음악도 할 수 있고. 전 이번에 데뷔할 TG의 신인 가수 혜리의 프로듀싱으로 정신이 없는데. 아! 지아 씨 앨범도 제가 참여해요. 그죠, 지아 씨?"

수가 스윽 쳐다봤다.

끄덕.

인정을 하긴 했지만 지아도 어딘지 모르게 불편한 기색이 역력하다.

수는 다시 시선을 돌렸다.

의기양양한 표정으로 으쓱해하는 모습이 여간 꼴사나운 게 아니다.

'······그럼 그렇지. 지 자랑하려고 말 걸었네.'

수는 시커먼 속내를 뻔히 내다봤다. 어떻게든 자기 과시를 하며 잘나간다는 걸 보여서 알량한 자존심을 세우고 싶은 것이다.

'하긴, 싱어 쪽보다는 프로듀서적인 감각이 낫긴 했지. 발톱의 때 정도?'

박정수는 소꿉친구를 대하듯이 친한 척을 했다.

"녹음 언제 끝나요? 이렇게 만난 것도 인연인데 차라도 한 잔 마셔야 하지 않아요? 저 미팅이랑 인터뷰 끝나면 시간 잠깐 빌 거 같은데."

"차를 마셔요? 그쪽이랑 내가?"

수가 픽 웃었다.

이 장단에 더 맞장구를 쳐주다간 구역질이 날 것만 같았다.

"정수 씨. 왜 친한 척이에요?"

"……!"

순간 박정수의 표정이 딱딱하게 굳어졌다.

호의로서 다가갔는데, 이런 식으로 혹 들어올 줄은 생각지 못했던 듯싶다.

"우리가 차 나눠 마실 정도로 가깝진 않지 않나?"

"이거 왜 이러시나. 우리가 남도 아니고, 같은 프로그램 출신인데……."

"내가 왜 하차했는지 잊으셨나 봅니다?"

"……."

"저런! 진짜 잊으셨나 보네. 차 마십시다, 내가 친절하게 다시 일깨워 드리죠."

박정수가 죽일 듯한 눈길로 수를 노려봤다. 이글이글거리는 눈빛이 당장에라도 수를 주먹으로 후려칠 듯하다.

'개자식. 씹어 먹어도 시원찮을 새끼.'

친한 척 굴었지만 그렇다고 해서 묵은 감정이 사라졌을 리가 없다.

특히 자진 하차를 선언한 뒤 무대를 내려와 수가 한 말은 아직도 지워지지 않는다.

　"넌 졌어. 다시 나하고 붙을 기회가 사라졌거든. 사람들은 앞으로 쭉 네 패배만을 기억할 거야."

　태어나 처음으로 느꼈던 굴욕감이 흉터로 남아 아직도 지워지지 않는다.
　그때의 앙금을 지우고자 말을 걸었다.
　너는 기껏해야 가수지만, 자기는 크리에이티브한 프로듀서로서 나아가고 있다는 걸 강조하고 싶었다.
　그런데 한 방 얻어맞고 말았다.
　어째 말 걸었다가 본전도 찾지 못한 느낌이다.
　박정수는 부글부글 끓는 화를 억누르며 웃었다.
　"뭘 또 그리 세게 나와요? 소심하게. 나중에 차 마십시다. 또 압니까? 수 씨의 앨범 제작에 제 도움이 필요하게 될지."
　"내가 총 맞기 전엔 그런 일 없을 거 같네요."
　"……."
　으득!
　박정수가 이를 갈았다. 얄밉다 못해 속을 박박 긁는 말에 눈썹이 파르르 떨린다.
　두 사람 간의 미묘한 기류를 눈치챈 지아가 끼어들었다.
　"이산가족 상봉이라도 했어요? 어서 올라가요."

다정스럽게 수에게 팔짱을 끼더니 엘리베이터에 타자며 졸랐다.

박정수가 그런 두 사람을 번갈아 보더니 의문스러워했다.

"두 사람 꽤 친해 보이네요?"

선후배지간으로 보기엔 미묘하게 달랐다. 뭐랄까, 친구와 연인 그 중간에 있는 느낌을 강하게 받았다. 그러나 좀 더 깊게 보면 한쪽이 좀 더 일방적으로 다가가는 기분이다.

'어째서 지아가 더 매달리는 거 같아 보이지?

내심 지아를 마음속에 두고 있던 터라 더 고깝게 느껴졌다.

그런 마음을 아는지 모르는지 지아는 더 꼬옥 팔짱을 꼈다.

"우리 잘 어울리죠? 그러니까 이만 갑니다! 정수 오빠도 수고!"

지아가 억지로 끌고 가다시피 해서 수를 엘리베이터에 태웠다.

지잉!

자동문이 닫히고 육 층을 누르자 엘리베이터가 움직였다. 그제야 지아가 팔짱을 풀며 떨어졌다.

"오늘 스킨십은 여기까지! 아쉬워도 참으세요."

"전혀 그럴 일은 없답니다."

지아가 입모양으로 구시렁거렸다. 그 모습이 너무 사랑스럽다.

"오빠들 안 친하죠?"

"티 났어요?"

수가 볼을 긁적였다.

"못 잡아먹어서 안달 난 듯이 으르렁거리는데 모르면 그게 더 웃기죠."

"킁! 못 볼 모습을 보였네."

"오빠가 왜요? 시비는 정수 오빠가 걸더만."

수가 고개를 갸웃거렸다.

그랬나?

오히려 까다롭게 나간 건 수 쪽이었던 것 같은데.

아무래도 수에게 호감을 갖고 있는 지아는 수의 편을 들었다.

"평소엔 점잖은 사람이 꼭 수 오빠 얘기만 나오면 애처럼 굴더라고요. 내 음악이 더 낫지 않냐고 확인받으려고 들지를 않나…… 아! 생각하니 또 유치하네."

"박정수 씨가 그랬어요?"

"그게 다인 줄 알아요? 오빠가 폄한스타로 몰렸단 기사를 보곤 하루 종일 실실 쪼개더니, 게릴라 콘서트 성공했을 때는 짜증만 부리더라고요. 가끔 보면 조울증 같다니까."

소속사 동료다 보니 교류를 하고 지내지만 인간적인 친분 관계에서는 딱 선을 그은 뉘앙스다.

'박정수, 나를 향한 열등감이 생각 이상으로 큰가 보구나.'

수의 존재가 그림자처럼 가로막고 서 있다. 그건 슈퍼스타Z에서 자진 하차를 결심했던 수가 바라던 일이기도 했다.

2

TG엔터테인먼트 녹음실에 발을 들이자 수의 입이 떡 벌어졌다.

가시나무 뮤직과는 비교도 되지 않을 만큼 세련된 인테리어에 아직 국내에 몇 대 입고되지 않은 최신 음향설비까지 완벽하게 세팅되어 있었다.

'상민 형이 이걸 보면 얼마나 탐냈을까.'

과연 대한민국 톱 기획사는 다르다는 걸 실감했다.

"아! 오셨어요?"

기기를 점검하고 있던 남성이 일어나서 인사를 걸어왔다.

"오늘 우리 프로듀싱이랑 디렉팅해 주실 강형욱 오빠. 이쪽은 누군지 알죠?"

"그럼, 이수 씨 모르면 간첩이게? 노래 잘 듣고 있어요. 같이 작업을 하게 되어 영광입니다."

"저야말로 반갑습니다."

수와 강형욱이 악수를 주고받았다.

녹음은 짧게는 몇 시간, 길게는 며칠 동안 이루어지는 만큼 프로듀서와 가수 간의 관계, 호흡 등은 매우 중요했다.

"우선 목부터 풀까요. 음료는 뭐로?"

"물이면 충분해요."

당분이 들어간 음료는 좋지 않다. 발성으로 건조해진 목을 촉촉하게 만들기에는 물이 최고다.

녹음부스 안으로 들어간 수와 지아가 각자의 방법으로 소리를 내며 목을 풀었다.

"아아아."

"푸푸푸푸!"

고음과 저음을 오르내리기도 하고, 입술을 모아서 공기 소리를 힘껏 내뱉기도 하며 성대를 풀어주었다.

오 분 정도 지나자 부스 밖의 강형욱이 토크백으로 준비 여부를 물었다.

"다 됐어요?"

"잠시만요."

수는 잠시 양해를 구하곤 눈을 감고 그 남자 그 여자 사정[1]의 가사를 떠올렸다.

작사할 당시에 느꼈던 안타까우면서도 애달픈 그리움 등의 감정이 파노라마처럼 뇌리에 스쳐 지나갔다. 당장에라도 왈칵 눈물이 쏟아질 정도로 몰입을 해버렸다.

"오케이! 그럼 녹음 시작합니…… 누구야!"

똑똑!

작게 울리는 노크 소리에 강형욱의 미간이 찌푸려졌다. 녹

---

1) 바이브―그 남자 그 여자

음 작업은 민감한 작업이다 보니 이런 식의 방해에 예민하게
반응했다.

비스듬히 열린 문 안으로 얼굴을 내민 이는 저번 시즌 K팝
스타들의 우승자 현규였다.

"안녕하세요."

"무슨 일이야?"

"방해가 안 된다면, 녹음 참관을 해도 될까요?"

"참관?"

앞서 언급했지만 녹음은 매우 민감한 사항이다.

녹음 과정에서 프로듀서와 가수 간에 마찰이 발생할 수도
있으며, 반복적으로 파트별로 불러 더 나은 것을 선별하는 과
정은 지루하다. 또 여하에 따라선 못 볼 일도 자주 발생한다.

강형욱이 토크백으로 의중을 물었다.

"참관하고 싶다는데, 두 사람은 어때요?"

"상관없습니다."

"저도요."

이미 녹음부스 밖 유리창으로 현규와 눈인사를 나눈 수는
흔쾌히 허락했다.

현규의 표정이 환해졌다.

"죄송한데, 몇 명만 더 가능할까요? 진짜 쥐 죽은 듯이 조
용히 있을게요. 라이브로 형 노래를 듣고 배우고 싶다는 애들
이라……."

"저야 상관습니다만……."

수는 대수롭지 않게 생각했지만 혼자서 결정할 문제는 아니다.

녹음은 혼자 하는 게 아니다.

한두 명도 아닌 다수가 녹음실에 들어온다는 것 자체가 매우 신경이 쓰이는 일이다.

그러다 보니 남은 두 사람의 의중도 중요하다.

"방해만 안 된다면야 전 괜찮습니다. 얘들 입장에선 수 씨의 라이브를 직접 듣는 건 본인의 음악적인 발전에도 크게 도움이 될 테고요."

"No problem(문제없어요)!"

지아와 강형욱까지 수락을 하자 현규가 녹음실 밖에 손짓을 했다. 그러자 숨죽이고 기다리고 있던 십 대 소년소녀 네댓 명이 녹음실로 밀고 들어왔다.

'연습생들이구나.'

유니폼마냥 맞춰 입은 것 같은 추레한 추리닝, 질끈 묶은 머리에 똘망똘망하게 빛나는 눈동자는 하나라도 더 배우고 싶은 의지로 가득 차 있었다.

'미래의 스타들 앞에서 부르는 셈인가? 이거 은근히 부담되는데?'

왠지 모르게 잘 불러야 할 것 같은 긴장감이 살짝 드는 수다.

"반주 갑니다."

사인이 떨어지기 무섭게 귀를 덮고 있는 헤드셋을 통해 반주가 흘러나왔다.

가슴을 적시는 피리 소리.

잔잔하게 깔리는 피아노의 선율.

전주가 끝나고 첫 솔로 파트인 수가 노래한다.

'그 여자를 향한 애증(愛憎)을 담아서⋯⋯.'

헤어진 연인에게 남는 사랑과 미움이란 복잡한 감정을 담았다.

일차원적인 감정에서 그치는 게 아니다. 다 주니까 떠나간 그 여자를 원망하면서도, 돌아오기를 바라는 마음까지 두루 느껴지게 호소했다.

"와⋯⋯."

"팔뚝에 소, 소름 돋은 거 봐."

녹음부스 밖에 일렬로 앉아 있던 현규와 연습생들은 떡 벌어진 입을 다물지 못했다.

아직 어린 그들이 감당하기엔 너무도 버겁고 깊은 감정이다.

발성과 숨소리, 감정이라는 삼박자가 한데 어우러진다. 가수를 꿈꾸는 연습생들에게 있어선 언젠가 꼭 올라서고 싶은 경지다.

'귀가 깨끗해지는 느낌이야. 나는 언제쯤 저렇게 부를까?'

'집중해서 하나라도 더 배우자. 선배님은 발성할 때 숨소

리를 많이 섞고 있어. 꼭 한숨 쉬듯이.'

'저런 감수성을 가지려면 어떻게 해야 할까? 사랑을 하면 되려나?'

이 순간을 함께한다는 것 자체가 연습생들에게 무엇과도 바꿀 수 없는 귀중한 시간이었다.

"……다 똑같나 봐."

남성 솔로 파트를 끝낸 수는 눈을 뜨지 않았다. 귓전에 맴도는 반주에 집중해서 감정의 끈을 유지하고자 함이다.

가까이서 그 모습을 지켜보던 지아는 가슴이 설레었다.

보면 볼수록 빠져들 수밖에 없는 남자.

손만 뻗으면 닿을 거리에 있지만, 가질 수 없기에 씁쓸하다.

"네가 다시……."

지아는 지금의 감정을 담아서 여성 파트를 노래했다. 비록 헤어졌지만 돌아오길 기다리며 다른 사랑을 하지 못하는 감정을 절절하게 표현했다.

그리고 이 노래의 하이라이트에 도달했다.

지아는 보컬을 맡는다.

반대로 피처링을 맡은 수는 담고 있는 감정을 포효하는 애드리브를 펼친다.

"I am gonna cry. 오오! 예예…… I'll go crazy, I'll go crazy!"

"……!"

압도적인 울부짖음에 녹음실 안의 모든 이가 몸이 오싹거렸다.

그건 영혼의 울림.

굳이 언어로 표현을 하지 않더라도 수가 내는 소리를 접하게 된다면 그 처절한 아픔과 슬픔에 덩달아 가슴이 짠해진다.

'이, 이걸 어떻게 맞춰. 내가 너무 못나 보이잖아!'

순간이지만 지아는 괜히 피처링을 부탁한 게 아닌가 후회했다.

호흡을 맞춰본다는 의미에서 가진 첫 녹음이다. 그런데 수백 번을 무대에서 가지고 놀아본 곡마냥 수는 환상적인 애드리브를 선보이면서 압도한다.

'……라이브 무대 어쩌지?'

TG와 스카이블루의 일정 조율로 지아와 수가 함께 무대에 오르기로 했다.

물론 그 횟수가 많지는 않겠지만 함께 무대에 선다는 것만으로도 가창력이 확연하게 차이 날 것이다.

아이돌 가수 중에선 손에 꼽힐 만한 가창력과 음색을 지닌 지아였지만, 그 파트너가 수라면 비교되지 않을 자신이 없었다.

"우리 둘은……."

그윽한 눈길로 서로를 바라보며 그리워하는 바람을 담음

으로써 곡은 끝이 났다.

짝짝!

현규를 위시한 연습생들이 기립 박수를 치며 엄지를 치켜세웠다.

"이대로 음반 발매해도 될 거 같아요."

"아까 이수 선배님 애드리브 완전 소름⋯⋯."

"지아 선배님! 대박이에요."

형식적인 호들갑이 아니다. 직접 노래를 경청한 사람만이 느낄 수 있는 감동이다.

그러나 정작 중요한 건 이들의 반응이 아니다.

녹음실에서 왕은 프로듀서다.

프로듀서들이 무미건조하게 내뱉는 다시라는 말 한마디에 가수들은 앵무새처럼 또 노래야 한다. 그만큼 절대적이다.

프로듀서 강형욱이 드디어 입을 뗐다.

"녹음 접죠."

조금은 충격적인 말.

지아가 조심스럽게 물었다.

"별로예요? 난 괜찮기만 하던데⋯⋯."

"누가 별로래?"

"⋯⋯."

"내가 할 일이 없잖아."

강형욱이 등받이에 기대더니 뒷머리를 긁적였다.

"뭘 더 손대라는 거야? 난 손 못 대. 그건 이 곡에 대한 모욕이라고."

"……!"

명곡의 탄생은 늘 짧게 마련이다.

3

녹음은 두 시간 만에 마무리가 되었다.

프로듀서 강형욱 입장에서는 더는 손을 댈 여지가 없을 정도로 곡의 감성을 잘 살렸다.

속된 말로 수는 압도적인 가창력으로 노래를 짓눌러 버렸다는 표현이 옳다.

그 덕에 지아도 많은 자극을 받았다.

처음 녹음을 해두었던 것보다 훨씬 더 풍성한 감정을 호소했다.

"예정보다 녹음이 빨리 끝났네요."

"어째 일찍 끝나서 싫은 거 같지? 아! 저랑 단둘이 녹음실에 있는 시간이 줄어서 그렇구나!"

"착각은 자유시고요. 아! 배고프다."

수는 허기짐을 호소했다. 포만감을 느낄 때보다는 공복에 노래가 잘되는 까닭에 늘 녹음 전 아침은 굶는 까닭이다.

"근처에 괜찮은 파스타집 있는데 같이 먹으러 가죠."

"그것보다… 저 실은 먹고 싶은 거 있어요."

"뭐요? 말만 하세요."

"구내식당이요. 한정식 안 부러울 만큼 잘 나온다면서요?"

최근 여러 방송에 TG 사옥의 구내식당 메뉴와 사진들이 떠돌면서 TG 사옥을 방문하면 꼭 들러서 먹어봐야 할 식당으로 자리맷음하고 있었다.

정말 예상하지 못한 메뉴에 지아가 피식 웃었다.

"저야 괜찮은데, 그거면 되겠어요?"

"음식 안 가리는 스타일이라서요. 차고 넘칩니다."

그때였다.

"형!"

수가 휙 고개를 돌아보니 현규가 강아지마냥 반갑게 달려왔다.

"반갑다. 어? 못 본 새에 키가 더 컸네?"

"이젠 형보다 조금 작지?"

성장기라서 그런지 현규는 하루가 다르게 컸다. 늦어도 내년쯤이 되면 수와 키가 엇비슷해질 만큼 성장할 것 같다.

"형, 잠깐 시간 돼? 할 얘기가 있는데."

"그래?"

수는 잠시 지아에게 양해를 구했다.

지아도 괜찮다며 기다리고 있을 테니 대화가 끝나면 연락을 달라고 했다.

"무슨 심각한 일이기에 우리 현규가 이런 얼굴을 하고 있을까?"

"있잖아, 형. 나 부탁이 있어."

"부탁?"

현규가 잠시 말을 흐린다. 이윽고 푹 숙이고 있던 고개를 들더니 손을 쭉 내민다.

"곡 좀 주세요."

"뭔 곡?"

수가 무슨 말을 하냐는 것처럼 반문했다.

그러자 현규의 눈초리가 가늘어졌다.

"이거 왜 모른 척하시나요. 대치동 살쾡이 님께서."

"……!"

수의 눈에 힘이 들어갔다.

Chapter 6

1

'얘 어떻게 안 거야?'

순간적으로 당황하긴 했지만 수는 재빨리 시치미를 뗐다.

"대치동? 형 목동 살아, 인마. 그리고 너 줄 곡이 어디 있다고 졸라."

"에이! 귀신을 속여요."

"뭐?"

현규가 의미심장한 미소를 머금었다.

찔러보기 식이라면 딱 잡아뗐겠지만 그런 것 같아 보이진 않았다.

"내가 또 형이란 증거를 대줘야겠네. 대치동 살쾡이 동영상은 보셨죠?"

"안 봤는데? 그게 뭔데?"

"이것 봐, 이것 봐. 실토를 안 하시겠다?"

"……."

현규는 직접 휴대전화를 꺼내 사이트에 접속해 동영상을 틀었다.

올 겨울 대한민국을 강타한 아브라케더브라. 그 신드롬을 일으킨 그룹 나라의 안무를 짠 대세 작사가 대치동 살쾡이의 춤 영상이다.

"이래도 모르는 척 잡아뗄 거예요?"

"너야말로 진짜 생사람 잡는다. 형 진짜 아니야. 모르는 사람이라고."

격하게 부정을 했지만 그럴수록 현규의 눈초리는 좁아진다.

"아닌 척은."

"……."

"이 모자 형이 즐겨 쓰던 캡 모자잖아요. 그리고 이 촌스러운 후드 티! 예전에 저랑 만날 때도 이 옷 입고 오셨잖아요."

"억지다, 억지. 길거리 나가봐라, 나 말고도 저런 스타일로 차려입은 사람 넘쳐."

"끝까지 아니다?"

현규가 팔짱을 딱 끼곤 회심의 결정타를 날렸다.

"그러면 형, 지금 신고 있는 신발은 어떻게 설명하실래요? 그것도 우연?"

"……!"

순간적으로 수는 아차 싶었다.

안무 동영상 속의 대치동 살쾡이가 신고 있는 신발과 지금 수의 운동화가 똑같았다.

"응. 지독한 우연이야."

"사람 부를까요? 저기요! 여러분이 알고 계신 대치동 살쾡이가 실은…… 읍읍!"

수가 입을 틀어막으며 강제했다. 발버둥치는 현규를 진정시켜 놓고는 크게 한숨을 내쉬었다.

"하아, 어떻게 안 거냐?"

"어떻게 알긴요. 딱 봐도 형이니까 알죠."

"……."

수는 말을 잃었다. 무안하리만치 정확한 답을 제시한 까닭이다.

"딴사람한테 말했어?"

"미쳤어요? 저만 알고 있어요. 나니까 알지, 딴사람들은 몰라요."

"그러면 비밀로 해줘라. 귀찮은 거 질색이다."

현규가 고개를 끄덕이며 입에 지퍼를 채우는 시늉을 했다.

다소 장난스러운 행동에 수도 피식 웃었다. 다른 사람은 몰라도 현규라면 끝까지 이 비밀을 지켜줄 거라고 믿었다.

"실은 형, 신곡 때문에 고민이 많아요."

"신곡이 왜? TG가 신경 안 써줘?"

"아뇨. 과분하리만치 써주죠. 근데 제가 못 쫓아가는 거 같아요."

"그러면 뭐가 문제야?"

"그냥 음악적 스타일이요. 사랑도 안 해본 주제에, 내가 사랑이 뭔지 알고 노래해요. 전 좀 더 진실된 음악을 하고 싶어요. 내가 잘 부를 수 있고 공감하는 주제를 담은…… 근데 그걸 못해서 너무 답답하고 그러네요."

현규가 느끼고 있는 심적인 고민이 뭔지 수는 정확하게 이해했다.

대중의 요구와 입맛에 부합하는 음악이 현규와 잘 맞지 않는 것이다.

이럴 경우 본인의 색깔대로 곡을 만들기 위해 개입을 해야 하나, 그러기에는 아직 현규 본인의 음악적 능력이 현저히 부족했다.

'TG 입장도 이해는 가. 대중들에게 슈퍼스타Z 출연 여파가 잊히기 전에 음원을 발표하고 싶을 거고. 그러려면 성공이 보장된 사랑 노래에 목을 맬 수밖에 없지.'

가수가 무대에 서기까지는 곡을 주는 작곡가, 가사를 붙이는 작사가, 프로듀서, A&G, 기획자 등 수많은 사람의 피와 땀이 필요하다.

많은 부분에서 투자가 이루어지는 만큼 상업적인 실패가 갖는 부담이 크다. 새로운 장르나 음악적인 스타일을 꺼리게 되는 이유 중 하나다.

현규가 머뭇거리다가 속마음을 꺼냈다.

"전 형 같은 음악을 하고 싶어요. 하다못해 가사라도 내가 공감할 수 있는 얘기였으면 바랄 게 없을 거 같은데……."

"나도 진부한 사랑 노래인데?"

"형은 형 나름대로 스타일이 있잖아요! 감수성도 깊고 표현이나 색깔도 있고 또 창법도 독창적이면서……."

수가 작게 한숨을 내쉬며 말을 끊었다.

"현규야."

"네."

"한마디로 형이 노래를 잘하는 거야."

"……."

너무나도 자연스러운 자화자찬에 현규가 뭐라 할 말을 잃어버렸다.

'그보다 이를 어쩐다? 가수가 곡에 몰입을 못하면 큰일인데.'

가수는 작곡가, 작사가와 더불어 가장 그 곡을 깊이 이해하고, 느끼며, 제 것으로 만들어야 한다. 그래야만 듣는 이들도 공감하고 혹 빨려 들어갈 수 있는 몰입을 선사한다.

그게 되지 않는다면?

가수조차 공감하지 못하는 노래를 대중이 사랑할 리가 만무하다. 그건 백이면 백 대중에게 외면받을 게 뻔하다.

"형."

현규가 낮게 불렀다. 동시에 사슴마냥 초롱초롱한 눈길로 수를 올려다본다.

"그 눈빛은 뭐냐?"

"형."

"왜 그렇게 징그럽게 불러."

양손을 꼭 쥔 현규가 기도를 올리듯이 간절하게 부탁했다.

"곡 좀 주세요."

"……."

기승전 곡(曲)이다.

2

수와 고은은의 안식처.

아침 식사를 위해 식탁에 마주 앉은 두 사람이 거실 대형 TV의 연예 뉴스를 보며 한술 뜰 때였다.

지이잉!

수가 또야 하는 표정을 지으며 문자메시지를 확인했다.

아니다 다를까, 현규한테 온 것이다.

형, 부탁이에요. 제 감성을 가장 잘 아는 건 형이잖아요? 매정하게 외면하지 마시고 한 곡만 주세요. 목숨 걸고 제가 대박 낼게요.

그날의 호소 이후 현규는 집요하게 연락을 취해왔다.

귀찮아 질릴 정도로 장문의 문자메시지를 보내며 한 번만 도와달라고 거듭 사정을 한다. 거짓말 조금 보태서 집착 수준이다.

"얘는 진짜 지치지도 않나?"

고은은이 반찬을 오물거리며 물었다.

"또 곡 달래요?"

"네. 상민 형 말이 이젠 이해가 가네. 거절하는 일도 보통 일이 아니야."

대치동 살쾡이의 음원들이 상한가를 치면서 각종 의뢰가 끊이질 않는다고 했다.

프로 바둑기사와 가수, 작사가까지 겸업을 하고 있는 수의 입장에선 쏟아지는 모든 의뢰를 맡는 건 사실상 불가능하다.

'다음에 좋은 술이라도 한잔 사줘야겠어.'

정중하게 거절하는 일만 해도 여간 곤혹스러운 일이 아니란 걸 수도 깨달았다.

"곡 하나 줘요."

"저 작곡가가 아니라 작사가인데요?"

"거짓말. 틈틈이 작곡해 둔 곡 있는 거 다 아는데."

"……."

수의 싱어 송 라이터로서의 재능은 첫 데뷔 앨범부터 빛을 발했다.

김강진이 남은 몇 가닥의 멜로디와 가사를 기반으로 수가 편곡을 하여 발표한 곡이 바로 미련한 사랑이다.

그러나 여건상 그 뒤로 작곡을 할 겨를이 없었다.

최근 작사 일에 손을 대면서 다시 재미가 들려 작곡을 시작했지만 아직 미비했다.

"……있긴 있는데, 아직 다 미완성이에요. 나중에 정규 앨범에 실으려고 시간 날 때마다 끼적인 거라서."

"아쉽네요."

고은은이 젓가락을 식탁에 내려놓았다.

"전 이렇게 생각했거든요. 수 씨 본인을 제외하곤 가장 수씨의 음악을 좋아하고, 잘 이해하는 사람이 현규 씨라고요."

"그거야 뭐."

"궁금했어요. 수 씨의 음악을 다른 누군가를 통해서 들으면 어떨까 하고. 그러다 보면 수 씨의 음악에도 긍정적인 도움이 되지 않을까 했어요."

"……!"

"그냥 제 개인적인 얘기니까 새겨듣진 마세요. 다 드셨죠? 치웁니다."

말이 끝나기가 무섭게 의자에서 일어난 고은은이 식탁을 정리했다.

평소라면 나서서 도와줬겠지만 생각지도 못한 얘기를 전해 들은 수는 상념에 빠져 있었다.

'내 음악을 다른 사람이 부른다?'

꽤 매력적인 일이다.

본인이 직접 쓴 노래를 부르는 것도 좋지만, 다른 가수가 부르는 모습을 지켜보는 일도 굉장히 즐거울 것 같았다.

"어? 박정수?"

수가 익숙한 이름에 정신을 차리고 시선을 돌렸다. 아니나 다를까, 대형 TV에서 TG가 야심차게 내놓은 신인 가수 혜리의 길거리 인터뷰가 나오고 있었다.

─타이틀 곡 '여정'의 반응이 썩 좋지 못했는데요. 아쉽지 않으셨어요?

─아쉽지 않았다면 거짓말이죠. 참 좋은 곡이거든요.

─하하, 그래도 후속곡인 '미워'로 인기몰이에 성공을 했습니다. 온몸을 칭칭 옭아매는 밧줄 댄스로 장안의 화제에 오르셨는데요, 한번 볼 수 있을까요?

진행자의 말이 끝나기가 무섭게 혜리가 온몸을 휘감는 밧줄에 묶인 안무를 선보였다.

—와! 섹시 그 자체네요. 눈이 머는 줄 알았습니다.

—감사해요.

—놀라운 건 녹음과 안무까지 슈퍼스타 출신의 박정수 씨가 프로듀싱을 했다는 건데요, 그게 사실인가요?

영상 속의 혜리가 끄덕였다.

—네, 사실이에요. 원곡은 R&B였는데 비트가 느리다며 댄스로 바꾸자고 하시더라고요.

—댄스로요?

—네, 처음에 그러자고 했어요. 며칠 뒤에는 연습실에 있는 절 부르시더니, 이런 안무가 있는데 어떠냐고 물어보시더라고요. 보고 깜짝 놀랐죠. 너무 매력적이라고.

—밧줄 댄스의 탄생이군요!

가수 혜리의 '미워'는 장안의 화제다. 그룹 나라의 아브라케더브라의 뒤를 이어 음원차트를 올킬한 것도 모자라서 밧줄 안무로 뜨거운 호응을 얻었다.

더 경악스러운 건 이 '미워'의 프로듀서가 박정수라는 거다.

"어쩐지 어깨에 힘이 잔뜩 들어가더니만. 지가 프로듀서

했다 이거네."

TG에서 스치듯 만났던 박정수가 왜 그리 잘난 척을 했는지 이젠 알 것 같았다.

타이틀 곡 반응이 시원찮았음에도 불구하고 후속곡에서 대박을 터뜨렸던 건 프로듀서 박정수의 공이 컸기 때문이다.

방송은 계속됐다.

─안 그래도 국보소녀 지아 씨의 신곡에도 박정수 씨가 프로듀서로 참여한다는 소식이 있던데요?

─사실이에요. 노래 진짜 좋더라고요. 짱짱!

─와! 이거 기대되는데요? 벌써부터 음반계에서는 제2의 대치동 살캥이라고 말들이 많더라고요.

예상지도 못한 시점에 대치동 살캥이가 언급되자 수가 피식 웃었다.

"누구 마음대로 제2의 대치동 살캥이래?"

수는 무시해 버리려고 했다.

어차피 남남이고 박정수와 더 엮이거나 비교하는 것 자체가 불쾌하니까.

근데 말이다.

신경 안 쓰려고 해도 자꾸만 신경이 쓰인다. 목에 가시가 걸려 무시하려고 해도 그럴 수밖에 없는 기분이 들었다.

"……똥을 밟았으면 치워야겠지?"

3

며칠 뒤, TG사옥으로 소포가 도착했다.

당일특급 배송으로 온 소포의 받는 이는 다름 아닌 현규였다.

"저한테요?"

연습실에 있던 현규는 연락을 받고 되물었다.

경비원의 말로는 꼭 본인의 서명이 있어야만 수령이 가능하다고 했다.

로비로 내려가는 내내 현규는 의아함을 떨치지 못했다.

'난 소포 받을 게 없는데?'

현규는 지금 교류하고 지내는 사람이 없다. 음악에 전념하고자 학교는 자퇴했으며 아버지는 기숙사에서 생활하시느라 간간히 통화를 하는 게 다다.

게다가 소포가 TG에서 잡아준 원룸이 아니라 회사로 온 것도 수상스러웠다. 모르긴 몰라도 현규를 잘 아는 사람인 건 확실하다.

가보면 알겠지 하는 심정으로 로비에 도착했다.

"여기 사인해 주세요."

현규가 서명을 하고 물품을 건네받았다. 작은 노트만 한 크기의 소포였다.

"누가 보낸 거지?"

발신인을 확인하던 현규의 눈에 힘이 들어갔다.

"대치동 살쾡이! 수 형이잖…… 읍!"

자기도 모르게 튀어나온 수의 이름에 얼른 입을 다물었다. 혹시나 하는 마음에 눈동자를 굴려 살폈으나 들은 사람은 아무도 없어 보였다.

"그지! 형이 날 모른 체할 리가 없다니까."

현규는 쾌재를 부르며 소포에 뽀뽀 세례를 퍼부었다.

"뭐해? 팬레터라도 받았어?"

뒤를 돌아보니 국보소녀의 리더 수영이었다.

가벼운 메이크업에 편안한 차림새로 보아 스케줄은 아니고 간단한 용무가 있어서 회사에 들른 듯싶었다.

"흐흐! 선배, 이게 뭔지 압니까?"

"말해주지 않으니 모르겠지?"

현규가 입이 찢어질 만큼 씨익 웃었다.

"혹시 대치동 살쾡이라고 아세요?"

"모르면 간첩이게?"

"짜잔! 그분이 보내준 곡입니다."

"뭐?"

소포의 발신인 이름을 본 수영이 깜짝 놀랐다.

최근 대치동 살쾡이는 가요계의 마이더스의 손이라고 불린다. 작사면 작사, 안무면 안무 손만 대면 성공하는 보증수표로 통한다.

'우리 국보소녀 의뢰도 깠던 대치동 살쾡의 신곡이라고?'

놀랍게도 국보소녀도 몇 번이고 작사 의뢰를 넣었으나 거절당했다.

이유도 간략하다.

귀찮다는 것이다.

'우리 의뢰는 거절했으면서 현규한테 곡을 줘?'

국보소녀의 음원 작업에 참가하는 것만으로도 작사가나 작곡가한테는 큰 타이틀이 되게 마련이다.

근데 그걸 거절하고 아직 정식 데뷔조차 하지 않은 현규한테 곡을 줬다. 아무래도 선뜻 이해가 가지 않는 대목이다.

"너 이거 어떻게 받았어? 따로 아는 사이야?"

수영이 집중 추궁을 했다.

"아뇨. 전혀 모르는 분이에요."

"근데 곡을 줘? 그게 말이 돼?"

"그게…… 저도 의문이네요. 갑자기 받은 거라서. 뭐가 어떻게 된 일이지?"

"뜯어봐. 진짜 곡이 맞나."

현규가 고개를 끄덕이면서 소포를 뜯었다.

데모 CD 한 장과 가이드 CD 한 장이 들어 있었다. 또 케이스 위에 포스트잇 메모지가 붙어 있었다.

현규 씨한테 딱 맞는 곡 같아서 보냅니다. 맘에 들면 좋고, 안 들면 버리시길.

　문구를 함께 읽은 현규와 수영은 다른 의미로 어처구니가
없었다.

　'하여간 까칠하시다니까. 곡이 쓰레기도 아니고 버리라
니.'

　'노래에 맞는 가수를 선택해서 곡을 준다는 거야, 뭐야? 완
전 건방져! 이건 일류 중에서도 초일류나 하는 거잖아.'

　각기 다른 생각을 품었지만 지금 갖는 생각은 같았다.

　"가서 들어보자."

　다른 누구도 아닌 흥행 보증수표로 통하는 대치동 살쾡이
의 곡이다. 가수로서 어떤 곡일지 궁금해하는 건 본능에 가까
웠다.

　딩동!

　엘리베이터가 5층에 도착하자 마침 녹음실에서 나오는 박
정수가 보였다.

　"오빠!"

　"어, 수영아."

　손을 흔들며 반갑게 아는 척을 했다.

　"지금 바빠?"

　"아니, 한가해."

　"잘됐다. 녹음실 비었지? 이 노래 같이 듣자."

순간적으로 박정수의 표정이 귀찮아졌다.

"누구 노랜데?"

"대치동 살쾡이."

"······!"

순간적으로 박정수의 눈이 이채를 띠었다.

최근 들어 가요계에서 가장 핫한 작사가다. 그런 그가 작곡한 곡이라고 하니 관심이 가지 않을 수가 없었다.

"신곡?"

"응, 그런가 봐."

"어디서 났어?"

출처를 묻자 현규가 대뜸 대답했다.

"저한테 소포로 왔어요. 신곡으로 쓰라고."

"너한테? 둘이 아는 사이야?"

"아뇨. 본 적도 없어요. 그냥 저랑 잘 어울리는 곡이라며 오늘 소포로 왔어요."

"근데 곡을 줘?"

"네. 저도 얼떨떨해요."

현규는 모르는 척 시치를 뚝 뗐다. 그러면서도 속으로는 조소했다.

'너 잘 걸렸다. 뭐, 대치동 살쾡이가 작사한 노래의 가사가 진부해? 또 뭐라더라? 작곡 능력은 없는 것 같다고? 듣고 뒤로 자빠지지나 마라.'

수를 친형처럼 따르는 입장에서 사사건건 수에게 태클을 거는 박정수가 곱게 보일 리가 없었다.

"일단 들어와."

세 사람은 녹음실로 자리를 옮겨 데모 CD를 꺼냈다. 기기에 넣자 잠시 후 트랙이 재생되었다.

세 사람은 모든 걸 다 놓고 음색에 귀를 기울였다.

잔잔한 피아노의 선율.

낮게 깔리는 멜로디의 아픔.

듣는 이로 하여금 집중하게 만드는 슬픔이 그윽하게 맺혀 있다.

"대박. 쩔어."

"……뭐야, 이 뭉클함은."

현규는 감탄을 했고, 수영은 감동을 했다. 음색만으로도 사람의 감정을 이리 건드릴 수 있는지 놀란 기색이 역력하다.

"난 별론데?"

유일하게 박정수만이 마음에 들지 않은 듯 노골적으로 싫은 티를 냈다.

"완전 올드해. 야! 시대가 어느 땐데 이런 정통 발라드를 부르냐? OST면 모를까, 이거 가지곤 망하기 딱 이다."

'뭘 안다고 저래? 네가 노래를 아니?'

EDM(Electronic dance music)을 무시하는 건 아니나 내심 박정수가 트렌드를 강조하며 전자 음악에만 목을 매는 게 마음에 들지 않는 터였다.

"형, 가이드 곡 틀어주세요."

"대치동 살꽹이 신곡이라서 기대했는데 이거 영…… 구닥
다리 음악이나 하고 말이야."

'……욕하고 싶다.'

현규가 겨우 감정을 억눌렀다.

그사이 박정수는 가이드 CD로 교체해서 트랙을 재생했
다.

좀 전에 들었던 같은 피아노 반주로 시작되는 도입부, 그리
고 이어지는 가이드 보컬이 뱉는 첫 한마디에 세 사람이 깜짝
놀라고 만다.

"……!"

하루를 되돌아보는 듯 읊조리는 발성에 그만 심장이 멎는
줄 알았다.

운동을 하고 열심히 일하고
주말엔 영화도 챙겨보곤 해

서점에 들러 책 속에 빠져서
낯선 세상에 가슴 설레지

'말하듯이 편안한 음색이야. 근데도 슬퍼. 어쩜 이런 감성

이 실릴 수 있지?

수영은 보컬적인 측면에서 감탄했다. 목소리만으로 사람의 감수성을 끌어낼 수 있는 보컬을 만난 건 정말 오랜만이다.

'난 아직 멀었어. 어떻게 이런 표현을 할 수 있지?'

목소리는 기계로 변조된 까닭에 수의 흔적은 보이질 않았다.

하지만 감동은 그대로다. 아니, 더하면 더했지 전혀 사그라지지 않는다.

이런 인생 정말 괜찮아 보여
난 너무 잘 살고 있어 한데 왜

너무 외롭다 나 눈물이 난다
내 인생은 이토록 화려한데

고독이 온다 넌 나에게 묻는다
너는 이 순간 진짜 행복하니

"……!"

노래에 취해 듣고 있던 현규의 심장이 쿵하고 내려앉았다.

'이건 내 얘기야.'

가사를 곱씹을수록 주체하지 못할 감정이 밀려왔다.

K팝스타들에서 우승을 차지하며 원하던 가수의 길을 걷게 됐으나 생각과는 달리 행복하지 않았다. 음악이 미친 듯이 좋지만 본인이 납득하지 않은 음악을 하는 것에서 오는 괴리감이 큰 까닭이다.

'이 노래에 내가 하고 싶은 말들이 고스란히 담겨 있어.'

그간 현규가 느껴온 가슴 저리는 고독, 서늘했던 외로움을 이야기하고 있었다.

늘 바쁘신 아빠와 한국으로 오지 못하는 엄마. 그 와중에 늘 혼자일 수밖에 없던 현규는 그토록 되고 싶었던 가수가 되었음에도 불구하고 그 외로움과 고독의 연장선에서 살아가고 있었다.

그러나 박정수의 표정은 시큰둥했다.

'전형적인 발라드잖아? 이딴 게 뭐가 대단하다고 저런 표정들이래?'

감동한 듯 노래에 젖어 있는 수영과 현규가 내심 마음에 들지 않는 박정수다.

난 대답한다 난 너무 외롭다
내가 존재하는 이유는 뭘까

사랑이 뭘까 난 그게 참 궁금해

사랑하면서 나 또 외롭다

사는 게 뭘까 왜 이렇게 외롭니

누구나 살면서 한 번쯤은 갖는 의문.

필연적인 고독과 외로움에 대해 얘기하자 현규의 눈이 촉촉해졌다. 딱 꼬집어 말할 수 없는 감정의 도화선이 터져 버린 듯 자꾸만 눈물이 쏟아졌다.

"저 너무 행복해요. 이 노래를 부를 수 있게 돼서."

울먹거리는 등을 수영이 토닥여 줬다.

말은 하지 않았지만 그녀도 먹먹했다.

국보소녀는 대한민국을 넘어 세계가 주목하는 아이콘이다. 어쩌면 여자들이 꿈꾸는 모든 걸 다 가지고 누린다고 해도 과언이 아니다.

'우리도 늘 행복하진 않다고.'

그러나 보이지 않는 곳에서 국보소녀는 늘 외로웠으며 고독했다.

하지만 배부른 자의 투정이라는 손가락질을 당할까 봐 차마 말도 꺼내지 못했던 고충이다.

그런 감동의 여운에 박정수가 찬물을 끼얹었다.

"왜들 질질 짜?"

"오빠는 아무렇지 않아요?"

"난 하품만 나오더라. 너무 추상적이지 않냐? 사는 게 뭐고, 사랑이 어쩌고…… 이런 거 안 통해요. 현규야, 형이 충고하는데 이거 음반에 싣지 마라. 망한다."

끝까지 디스로 일관하는 박정수의 의견을 무시하며 현규와 수영이 시선을 교환했다.

"……."

굳이 말을 하지 않아도 안다는 듯 두 사람의 눈은 같은 말을 하고 있었다.

'이 노래는 뜰 거야!'

Chapter 7

1

TG엔터테인먼트가 발칵 뒤집혔다.

며칠 전 사옥으로 배달된 대치동 살쾡이의 신곡 때문이다.

연습생부터 소속 가수, 프로듀서들까지 대치동 살쾡의 신곡 '사랑에 빠지고 싶다[2]'를 듣고 하나같이 극찬을 쏟아냈다.

특히 화제가 된 건 대치동 살쾡이의 정체다.

"가이드 곡 들어봤어?"

"작살이더라. 대치동 살쾡이 본인이 녹음했다며?"

"그렇대."

---

2) 김조한―사랑에 빠지고 싶다

"내 손모가지 걸고 맹세하는데, 기성 가수다. 그것도 가창력 작살나는 가수. 아니면 이렇게 부를 수가 없다니까."

잘 불러도 너무 잘 부른다.

대부분의 작곡가는 싱어 송 라이터를 제외하고는 노래 실력이 그리 특출하지 못하다. 그러다 보니 가수보단 작곡가의 길을 택하는 경우가 많다.

그러나 대치동 살쾡이는 달랐다.

"속된 말로 가이드 곡이 원곡을 뛰어넘는 수준이야. 이래서야 가수가 주눅 들어서 부르겠냐?"

지아의 솔로 앨범을 담당했던 메인 프로듀서 강형욱은 순수하게 감탄했다.

가이드 곡은 곡의 방향을 제시하는 일종의 지침이다 보니 당연히 미비하거나 어색한 부분이 있게 마련이거늘, 이 곡은 전혀 그런 게 느껴지지 않았다.

거짓말 조금 보태서 이대로 앨범을 낸다고 해도 대중의 폭발적인 호응을 얻고도 남을 수준이다.

그러다 보니 대치동 살쾡이의 정체에 대한 궁금증도 당연히 커질 수밖에 없었다.

"몇 번을 말해, 가수 강성이라니까? 허스키한 음색 들으면 몰라?"

"난 아무리 생각해도 그룹 사이디의 지노 같은데……."

"야! 누굴 어디다가 들이대? 걔 노래 못하잖아."

의견이 분분하게 갈리자 베스트 동영상 조회수를 기록한 그룹 나라의 안무 동영상을 보며 나이를 추론해 대상을 좁히기 시작했다.

"몸이 너무 뻣뻣한데. 저러다 골반 나갈라. 삼십 대가 아닐까?"

"저 피부랑 어깨를 봐. 애티가 나잖아. 이십 대가 확실해."

"제가 보기엔 사십 대 같은데……."

각기 의견이 분분했지만 누구도 그 답을 맞히지는 못했다.

소포가 발신된 주소지는 없는 주소였으며, 녹음된 가이드 곡의 목소리마저 변조가 되어 확인할 길이 없었다.

또 연락마저 가시나무 뮤직을 통해야 가능한 까닭에 더더욱 베일에 싸여 있었다.

그러나 딱 한 사람은 좀 다른 반응을 보였다.

"뭐? 연락을 가시나무 뮤직을 통해서만 한다고?"

국보소녀의 에이스 지아는 달리 반응을 했다.

"응, 거기에 있는 이상민 프로듀서? 그 사람 동창이라던데?"

"동창? 그거 확실한 정보예요?"

"나도 모르지. 그냥 들은 얘기야."

강형욱 프로듀서의 말에 지아가 입술을 매만지며 생각에 빠졌다.

'이거 앞뒤 통박을 재면 딱 수 오빠잖아? 일면식도 없는 현규한테 곡을 준 이유도 납득이 되고, 상민 오빠하고도 친하니까.'

막상 의심을 시작하고 나니 수상한 점이 한두 가지가 아니다.

특히 그룹 나라의 안무 동영상을 다시 볼수록 그 느낌이 강해졌다.

'은근슬쩍 내가 기대어본 느낌을 살리면…… 그래! 딱 이 정도 어깨였어.'

자고로 남자란 기대거나 안겨봐야 그 품을 정확히 알 수 있는 법.

지아는 정확하게 기억하고 있었다.

'특히 저 섹시한 목선…… 수 오빠가 맞아. 분명하다고.'

다른 사람은 몰라도 누구보다 수에 대해 많이 알고 있다고 자신하는 지아다. 수를 만날 때마다 틈틈이 훔쳐봤기 때문에 그 라인을 정확하게 기억하고 있었다.

'우씨! 진짜면 완전 갈굴 거야.'

지아의 싱글 앨범 타이틀 곡 그 남자 그 여자 사정의 작사가가 바로 대치동 살쾡이다. 그것도 모자라 피처링은 수가 해줬다.

알고 보니 그 두 사람이 동일 인물이다?

왠지 속았다는 생각이 강하게 들 것 같았다.

'서운해 죽겠어.'

다른 사람은 몰라도 자신한테는 알려줄 수도 있는 거 아닌가?

못내 서운한 감정을 참아내며 따로 현규를 옥상으로 불러 냈다.

"너 솔직하게 말해. 대치동 살쾡이 수 오빠지? 그지?"

"수 형이 대치동 살쾡이래요?"

현규는 아무것도 모른다는 듯 천진난만한 눈을 깜빡였다.

"어쭈구리, 이게 연기도 하네? 현규야, 누나 다 알거든? 좋은 말로 할 때 불자."

"부, 불긴 뭘 불어요. 저 아무것도 모른다고요!"

집요한 추궁에도 불구하고 끝끝내 현규는 대치동 살쾡이의 정체를 불지 않았다.

그게 곡을 준 수를 향한 의리라고 생각했기 때문이다.

한편 TG엔터테인먼트는 그들 나름대로 생각지도 못한 곡이 들어와 골머리를 앓았다.

따로 곡의 의뢰를 맡긴 것도 아니었으며, 현규의 타이틀 곡은 이미 내정되어 있었던 까닭이다.

결국 결정은 TG엔터테인먼트의 양태석 대표로까지 넘어 갔다.

"이걸로 가."

"대표님이 들으시기에도 '사랑에 빠지고 싶다' 가 낫죠?"

"어. 가수한테 어울리는 곡을 주는 게 우리가 할 일이야. 타이틀 곡으로 가. 앨범 콘셉트도 바꾸고. 현규하고 잘 어울릴 거야."

음악적 소양은 떨어질지 모르지만 양태석 대표는 가수의 장점과 단점, 대중을 읽는 눈은 탁월했다. 그런 감이 없었다면 대한민국 삼대 기획사 중 가장 크다는 TG의 성공은 없었을 것이다.

"남은 건 프로듀서인데……."

일반적인 경우 작곡가가 겸하는 경우가 많으나 어떠한 이유에서인지 대치동 살쾡이는 극도로 노출을 꺼려했다. 단적인 예로 지아의 녹음에 불참한 사실만 봐도 그러하다.

"대치동 살쾡이한테 부탁을 해보긴 할 테지만, 응해줄지는 모르겠습니다."

"이 부분에 대해선 따로 조율해 보도록. 안 되면 형욱이가 진행하도록 해."

차선책까지 마련해 두고 나서야 회의는 끝이 났다.

TG는 정중하게 프로듀서까지 겸해줬으면 하는 바람을 담아 이메일을 발송했다.

대치동 살쾡이 본인이 프로듀싱을 해준다면 가이드 곡이 훌륭한 만큼 현규의 모든 잠재능력을 끌어내고도 남는 완성도 높은 녹음을 해줄 거라 기대한다고 말이다.

그로부터 이틀 뒤, 답장이 도착했다.

차현수 기획실장은 이미 지아의 사례도 있는 터라 큰 기대를 하지 않았다.

"뭐? 온다고?"

프로듀서를 맡도록 하겠습니다. 그날 오전 10시부터 녹음하는 걸로 알고 있겠습니다.

아무도 생각하지 못한 반전이다.

2

녹음 당일.

TG사옥의 현관 로비엔 차현수 기획실장과 현규가 미리 나와 있었다.

이왕 오기로 했다면 깍듯이 모셔서 향후 TG와 돈독한 관계를 유지하라는 양태석 대표의 특명이 있었기 때문이다.

오더를 받은 사람과는 별개로 꽤 많은 사람이 몰려 있었다.

그간 베일에 싸여 있던 의문의 작사가 겸 작곡가 대치동 살쾡이의 정체를 눈으로 확인하고자 함이다.

"곧 오겠네요."

"나도 궁금하네. 진짜 현역 가수일까?"

"강성이라니까 그러네."

"좀! 말 같은 소리를 해야 믿어주지."

무리 중에는 지아도 끼어 있었다.

일본 스케줄을 마치고 새벽에 귀국해 잠도 제대로 자지 못했다. 그 탓에 피부도 뒤집히고 난리도 아니건만, 두 눈으로 대치동 살쾡이를 확인하겠다는 일념으로 나와 있었다.

'수 오빠기만 해. 가만 안 둘 거야.'

지아가 이를 박박 가는 와중에 9시 55분이 되었다.

"안 오나?"

"기다려 봐. 오 분 남았잖아."

화살처럼 오 분이란 시간이 지났다.

열시가 됐음에도 오기로 한 대치동 살쾡이는 보이지 않았다.

"늦네?"

"잘나가잖아. 그러면 늦는 게 매너야."

약속 시간을 넘었지만 대치동 살쾡이는 오지 않는다.

부르릉!

그때 난데없이 퀵 오토바이가 한 대 서더니 경비원에게 소포를 건넸다.

"현규 군! 와서 사인해."

호명을 받고 서명을 하던 현규가 깜짝 놀랐다. 발신인이 다름 아닌 대치동 살쾡이였던 까닭이다.

"실장님! 이거 좀 보세요."

"뭐해? 어서 뜯어봐!"

소포 속에는 고가의 노트북이 한 대 들어 있었다. 그 위엔 누구라도 따라할 수 있을 만큼 알기 쉬운 방법으로 노트북을 켜고, 인터넷 연결을 한 뒤 프로그램을 재생시키라고 적혀 있었다.

심지어 노트북을 설치할 장소까지 명시가 되어 있었다.

"녹음실에? 가지가지 한다."

영문은 모르나 일단은 시키는 대로 했다.

모든 설치를 끝내고 노트북을 부팅했다. 바탕화면에서 아이콘을 찾아서 프로그램을 실행시켰다.

그러자 노트북에서 낯선 음성이 튀어나왔다.

─이제야 연결이 됐네요. 안녕하십니까, 대치동 살쾡이입니다.

"……!"

차현수 기획실장을 위시해 현규, 지아 등 녹음실에 모인 이들이 깜짝 놀랐다.

"제 목소리가 들리시는지?"

─아주 잘 들립니다.

곧장 들려오는 대치동 살쾡이의 목소리도 본인의 것은 아니다. 미묘하지만 변조가 되었다는 걸 전문가라면 단번에 알아챌 것이다.

"차현수 기획실장이라고 합니다. 지금 매우 당황스럽네요. 녹음하시기로 한 시간이 훌쩍 지났는데 오시지 않고 음성 연결이라니요? 솔직히 무례하다는 인상을 지우지 못하겠네요."

─착오가 있으셨나 보네요. 전 방문한다고 한 적이 없습니

다만.

"네? 분명 프로듀싱을 하신다고……."

ㅡ한다고 했죠. 했는데! 제가 TG사옥까지 간다는 얘기는
드린 적이 없습니다.

"……!"

그러고 보면 그렇다.

수는 프로듀싱을 약속했지만 이메일 어디에도 방문한다는
언급은 하지 않았다. 애초부터 음성 연결을 통해서 프로듀싱
을 진행할 생각이었던 것이다.

ㅡ제 말이 틀렸나요?

"아뇨."

대치동 살쾡이의 말대로다. 구구절절 틀린 말은 하나도 없
었다.

'아니, 현장에도 안 오고 프로듀싱을 한다는 게 애초에 말
이 돼?'

차현수 기획실장이 따졌다.

"하지만 원격 음성을 통해 프로듀싱을 하면 아무래도 한계
가 있지 않을까요? 정당한 대가를 지불한 저희 입장에선 소홀
히 임한다고 보일 수도 있습니다."

ㅡ해보지 않고선 모르는 거 아닌가요?

"그건……."

ㅡ프로는 결과로 말하는 거죠. 그런 말은 녹음 후에 하셨으

면 합니다.

"……."

찍소리도 못하게 말문을 막아버린 대치동 살쾡이가 현규를 호명했다.

―현규 씨, 목 푸세요. 오 분 후에 녹음 들어가겠습니다.

"네? 네!"

녹음실을 휘어잡는 대치동 살쾡이의 카리스마에 녹음실에 모인 이들이 숨을 죽였다.

3

―목 다 풀렸으면, 부스로 가세요.

"네!"

현규는 힘차게 대꾸를 하며 녹음부스 안으로 들어갔다.

헤드셋을 귀에 걸고는 크게 심호흡을 하며 각오를 다졌다.

'먼지가 되도록 털리기 싫으면 집중해야 해.'

평상시의 수는 좋은 형이다. 그러나 녹음실에 들어오면 그는 완벽주의자로 바뀐다.

K팝스타들 결승전 당시에 특별 초청으로 수가 전담 프로듀싱을 해준 전례가 있다. 그때만 생각하면 아직도 오금이 저린다.

'녹음 끝나고…… 점심 먹은 거 다 토했지.'

끔찍하리만치 요구하는 게 많았다.

또 될 때까지 다시를 외치던 모습은 녹음실의 폭군이 딱이었다.

그러나 결과는 확실히 보증한다.

당시 수가 요구하는 레벨까지는 도달하지 못했지만 그것만으로도 K팝스타들 결승전에서 상대 후보를 압도하는 높은 수준의 무대를 선보이지 않았던가.

혹독함을 견뎌낸 대가는 달다. 현규는 원하는 걸 얻기 위해서라면 충실히 요구를 이행할 준비가 되어 있었다.

—여기 프로듀서님도 계시나요?

"저요."

강형욱 프로듀서가 손을 들며 대꾸했다가 얼른 내렸다. 자신과 대화하는 상대가 노트북 너머의 인물이란 걸 자각한 것이다.

—성함이?

"강형욱입니다."

—…….

잠시 노트북 속의 대치동 살쾡이가 말이 없었다.

'뭐야, 기분 나쁘게?'

강형욱 프로듀서는 대치동 살쾡이와 이미 한 차례 작업을 한 적이 있음을 눈치채지 못했다.

—죄송하지만, 부탁 하나만 드려도 괜찮을까요?

"말씀하세요."

—아시겠지만 녹음 과정에서 직접 기기를 움직일 수 없는 처지입니다. 노트북과 기기를 연결해 주셨으면 하는데, 대신 좀 부탁드려도 될까요?

"그러죠."

—감사합니다, 동봉한 박스에 컨트롤러도 넣어뒀습니다.

강형욱 프로듀서가 음향기기 앞에 앉아 사전 베이스를 점검했다. 대치동 살쾡이가 동봉한 컨트롤로와 기기를 직접 연결했다.

'지가 뭐 데이비트 포스터라도 되는 줄 아나? 좀 잘나간다 더니 이래라저래라야.'

순순히 응하긴 했으나 그의 기분이 썩 좋지 않았다.

프로듀싱은 디테일의 승부다.

가수의 창법, 표현, 해석에 맞춰 곡의 느낌을 살리는 데 주 안점을 둔다. 그러다 보면 사소한 호흡, 발음, 발성의 방식 등 주의 깊게 듣지 않고선 찾을 수 없는 것이 대부분이다.

근데 그걸 원격 음성으로 하겠다니 당연히 불신이 생길 수 밖에 없었다.

그건 TG엔터테인먼트의 대소사를 관장하는 차현수 기획 실장도 마찬가지다.

'딱히 믿음이 가진 않지만…… 결과로 말을 한다고 했으 니, 결과로 보고 말합시다.'

의뢰를 맡긴 이상 따르는 게 철칙이다. 만족스럽지 않은 성과가 나온다면 그때 가서 책임을 묻고 따져도 늦지 않다.

—녹음 시작하죠.

수의 말이 딱 떨어지자 강형욱이 기기를 작동시켰다. 그러자 고액을 주고 사전 녹음을 해둔 반주가 흘러나왔다.

"운동을 하고 열심히 일하고……."

—그만.

겨우 한 구절을 뗐을 뿐인데 대치동 살쾡이가 반주를 꺼버렸다.

—목을 푼 건가요? 왜 이렇게 잠겨 있죠?

"아아. 좀 더 풀까요?"

—오 분간 허리 숙여서, 음 당기기 하세요. 그리고 다시 갑니다.

현규는 시키는 대로 하고 다시 녹음에 들어갔다. 확실히 좀 전보다 발성 자체가 부드러워졌다.

"운동을 하고 열심히 일하고 주말엔 영화도 챙겨 보곤 해……."

—그만. 건조합니다. 다시.

현규가 시키는 대로 다시 노래했다. 그러나 대치동 살쾡이는 만족을 몰랐다.

—감정 과잉. 다시.

또다시 부르는 현규.

―끝 음에서 숨을 토하듯이. 다시.

무려 일곱 번의 반복 끝에서야 첫 구절을 넘길 수가 있었다.

그 뒤로도 쉬운 구절이 없었다.

"책 속에 빠져서 낯선 세상에 가슴 설레지."

―그만.

이번에도 대치동 살쾡이는 그만을 외쳤다. 엄격하다 못해 살벌한 분위기에 녹음실이 살얼음처럼 얼어붙어 버렸다.

―현규 씨, 곡 받으신 지 얼마나 지났죠?

"나, 나흘이요."

―나흘이면 곡을 이해하기에 부족한 시간이 아니죠. 또 가이드 곡도 있었고.

"네……."

현규의 목소리가 기어들어 간다. 예전부터 수에게 음악을 배워왔던 만큼 그 앞에만 서면 늘 한없이 작아졌다.

―생각할 시간은 충분했을 텐데요?

"……."

―다시 갑니다. 가수가 몰입하지 않으면 죽은 곡이 됩니다. 목에 힘 빼고. 설레지만 설레지 않은 무덤덤함을 기억하세요.

대치동 살쾡이의 지적은 디테일했다. 가사에 어울리는 감정과 가장 적합한 발성을 선택해서 제시했다.

그러나 강형욱 프로듀서나 차현수 기획실장 눈에는 가소
로워 보였다.

'신인 앞에서 센 척하긴. 뭐, 대단한 줄 알았다만 그것도
아니네.'

'고만고만한 수준이군. 이 정도면 굳이 맡기지 말고 강형
욱 프로듀서한테 부탁할걸 그랬어.'

소문난 잔치에 먹을 게 없다고 했다.

일반적인 프로듀서와 비교해서 딱히 나을 게 없었다. 프로
듀싱에 강형욱 프로듀서와 차현수 기획실장의 실망감이 깊어
졌다.

─그만.

반사적으로 현규가 움찔했다.

'그놈의 그만은.'

'목소리 좀 그만 깔지?'

대치동 살쾡이의 강압적인 태도에 불신의 골이 점점 더 깊
어질 때였다.

─감을 못 잡고 있습니다. 가이드 곡을 분명 들으셨을 텐데
요?

"듣긴 들었는데 구현이……."

귀로 들었다고 다 똑같이 부를 수 있는 건 아니다. 현규는
마음먹은 대로 나오지 않는 소리에 애를 먹고 있었다.

─한 번만 부를 테니 잘 들어요. 너무 외롭다. 나 눈물이 난

다. 내 인생은 이토록 화려한데!

"......!"

예시를 드는 대치동 살쾡이의 노래에 모든 이가 깜짝 놀랐다.

순간적으로 사람을 훅 끌어당기는 노래는 이 곡이 지닌 고독과 외로움을 더없이 간직한다. 가이드 곡에서는 느낄 수 없는 생기와 아련한 한이 고스란히 전해진다.

'이건 깔 수가 없잖아? 얘는 왜 가수 안 하고 프로듀서 한대? 진짜 가수 아냐?'

차현수 기획실장은 어처구니가 없었다.

가창력으로 인정받는 기성가수라고 해도 이 정도로 부르는 가수가 몇이나 될까 싶을 정도다.

'인정! 너 노래 잘해. 근데 말이야, 노래를 잘하는 거랑 프로듀싱은 엄연히 다르다고.'

강형욱 프로듀서는 인정할 건 인정했다.

대치동 살쾡이의 가창력에는 이견이 없다.

하지만 프로듀서에게 있어서는 본인이 노래를 잘하는 것보다 그것을 해당 가수가 얼마나 잘 이해하고 공감하며 받아들이게 하는지가 더 중요하다.

―이런 느낌입니다.

"......."

현규는 대답이 없다. 넋을 놓고 들은지라 아무것도 머리에 남지 않았다.

　─차근차근 갑시다. 한데 왜…… 이 부분에서 공명점을 잡고. 음 오버 없이. 아셨죠?

　현규가 숨을 고르더니 다시 차분하게 발성한다.

　"한데 왜!"

　"……!"

　강형욱 프로듀서가 깜짝 놀랐다.

　감성을 가득 담았지만 넘치지는 않은 느낌.

　조금 전 대치동 살쾡이의 노래를 들으면서 느꼈던 감동이 고스란히 전해진 것이다.

　─좋습니다. 너무 외롭다. 이 부분은 자조하듯이 내뱉으면서도, 피치는 그대로 유지합니다. 다~ 끝음 처리는 최대한 단백하게. 억지로 바이브레이션 넣지 마시고요.

　후렴구에 접어들어서부터 대치동 살쾡이의 프로듀싱이 빛을 낸다.

　─고독이 온다. 넌 나에게 묻는다. 원큐에 갑니다. 좀 전처럼 감정에 신경 쓰느라 플랫(Plat)되면 안 됩니다. 마지막 다~ 공명점 염두에 두시고요.

　노래가 변했다.

　같은 곡이지만 풍기는 분위기와 느낌, 감정이 믿기 어려울 만큼 달라졌다.

　강형욱 프로듀서는 침을 꿀꺽 삼켰다.

'디테일하다 못해 난 생각지도 못한 지점들을 짚어내고 있어.'

프로듀서들이 아무리 용을 써도 노래를 업으로 삼는 가수보다 노래를 잘할 수는 없다.

그런 까닭에 발성의 기술적인 측면을 요구하기만 할 뿐, 정작 그걸 어떻게 부르고 대입시켜야 하는지를 알지 못한다.

거기서 오는 괴리감은 생각 이상으로 크다.

'이건 뭐, 맞춤형 눈높이 학습이야?'

이제야 알겠다.

대치동 살쾡이 프로듀싱의 경쟁력은 본인의 가창력에서 기인한다.

웬만한 기성 가수들이 명함조차 내밀지 못하게 만드는 우월한 가창력을 기반으로 본인이 느끼는 감성, 곡에 어울리는 발성, 심지어 기술까지 알아듣기 쉽게 조언을 해주었다.

'이게 말이 돼? 이건 프로듀싱이 아니라, 오토튠 수준이라고!'

오토튠(Auto—Tune).

신이 내린 음악 프로그램이라는 오토튠은 불안정한 음정 보정을 위해 개발됐다. 초기엔 음계와 음정을 보정하는 용도로 활용됐으나 후에 피치까지 조절이 가능해지면서 가수의 한계를 넘어선 고음이나 소리까지 인위적으로 만들어냈다.

지금의 대치동 살쾡이가 딱 그랬다.

'이게 보컬트레이닝이야, 뭐야? 녹음을 하면서 현규의 가창력이 늘고 있잖아.'

현규도 재능이 있는 가수다. 재능이 없다면 쟁쟁한 경쟁자들을 이기고 K팝스타들에서 우승을 차지하지 못했을 것이다.

다시! 그만!

진저리가 날 만한 얘기지만 묵묵하게 대치동 살쾡이의 말에 귀 기울이고 따르는 사이에 몰라보게 소리가 좋아지고 있었다.

세 시간 만에 겨우 1절 녹음이 끝날 무렵, 불신을 갖고 있던 강형욱 프로듀서와 차현수 기획실장의 눈빛이 바뀌었다.

'이거 진짜 물건이야!'

4

같은 시각.

급한 호출로 잠시 미팅 차 자리를 비웠던 지아가 서둘러 녹음실로 내려왔다.

"대치동 살쾡이는 왔으려나? 아까 보니까 웬 노트북만 덩그러니 왔던데."

노트북이 온 것까지만 보고 실행시키는 부분에서는 자리를 비웠던지라 현재 녹음이 어떻게 진행되고 있는지 자세한 정황은 알지 못하는 그녀였다.

복도를 가로지르는 지아의 걸음걸이가 빨라진다.

"뭐가 됐든, 수 오빠면 죽을 줄 알아!"

입을 앙 다문 지아가 굳게 닫힌 녹음실 문을 조용히 열었다. 다행히 녹음에 집중 중인지 아무도 그녀가 들어온 걸 알아채지 못했다.

'어? 수 오빠가 없잖아?'

더 의아한 건 익히 아는 TG의 식구들만 있을 뿐, 대치동 살캥이도 없단 것이다.

'아까 그 노트북 아닌가?'

지아가 막 의문을 품을 때였다.

노트북 너머에서 낯선 남자의 목소리가 흘러나왔다.

―우선 녹음된 1절 먼저 들어볼까요?

'저 사람이 대치동 살캥이? 와, 괴짜! 원격으로 프로듀싱을 하는 거야?'

노트북 속 남자의 말 한마디에 따라 녹음실 안의 사람들이 분주하게 움직이는 걸 보고 짐작할 수 있었다.

'어? 노래 나온다.'

조용히 녹음실 뒤편 대기 의자에 앉은 지아가 눈을 감았다.

속삭이는 듯한 피아노의 선율에 맞춰서 녹음된 현규의 노래가 흘러나온다.

―운동을 하고…….

'오! 느낌 좋은데?'

K팝스타들에서 우승을 했다지만 음악적 소양이 부족한 현규는 연습생들과 함께 트레이닝을 받았다. 종종 선배로서 지아도 조언을 해주었던지라 현규의 음색에 대해선 기억하고 있었다.

곡이 점점 흘러가 1절의 하이라이트 후렴구에 도달한다.

ㅡ잘 살고 있어, 한데 왜~

"……!"

지아는 깜짝 놀라고 말았다.

'이, 이걸 현규가 불렀다고?'

듣고 있으면서도 믿기지가 않았다. 담담하지만 호소력이 느껴지는 발성부터, 공기 반 소리 반 그리고 흔들림 없는 공명점까지. 불안함이란 찾아볼 수가 없는 좋은 소리의 표본이다.

'감성도 있어. 전혀 오버스럽지도 않고.'

점점 음악에 취해갈 때다.

1절이 거의 끝나갈 무렵, 지아가 눈을 떴다.

'이 느낌…… 어슴푸레 기억나. 내가 분명히 받아본 적 있어.'

익숙하다.

전혀 다른 음색인데도, 익숙함을 지울 수가 없다.

'그 사람이야.'

늪을 밟듯이 푹푹 빨려 들어간다. 절로 소리에 취해 마음이 간다. 여우비에 옷깃이 젖듯 잠시 닫아놓았던 마음의 문을 연다.

마치 마법처럼.

'그 사람…… 수 오빠가 이렇게 불렀어.'

다른 사람은 몰라도 그녀는 알 수 있었다.

세상 누구보다 수의 음악을 좋아하는 팬이기에.

5

서재 겸 작업실.

녹음을 마친 수가 겨우 자리에서 일어나며 기지개를 쭉 켰다.

"지친다, 지쳐."

뒷목을 잡고 뭉친 근육을 풀어주는 수의 얼굴은 반쪽이 되어 있었다.

쉬지도 못하고 하루 종일 진행하는 녹음 과정은 프로듀서나 가수 모두에게 강행군이다.

"원격으로 하려니 더 힘드네."

수가 뒷머리를 긁적였다.

정체를 숨기기 위해서 할 수 있는 최선책이지만, 그만큼 어려운 점도 많았다.

노트북을 통한 원격 음성으로 프로듀싱을 진행하다 보니 기기가 잡아내지 못하는 사소한 음 처리나 호흡을 놓치는 경우도 많았다.

"안 걸렸겠지?"

목소리 변조를 했다곤 하지만 사람의 말투나 습관은 쉽게 변하지 않는 법이다.

거기다 강형욱 프로듀서는 수와 한 차례 작업을 함께 한 전력이 있다. 그걸 의식한 까닭에 수는 더 딱딱하고 무뚝뚝하게 프로듀싱을 진행했다.

"썩 만족스럽진 않지만 어쩔 수 없지. 다 만족할 수는 없는 거니까."

긴장이 딱 풀리자 나른함을 앞세운 피로가 밀려왔다. 침대에 누워서 쉬고 싶은 마음이 간절하다.

수는 작업에 방해가 될까 꺼두었던 휴대전화의 전원을 켰다.

지이잉!

부재중 전화와 모바일 메신저 대화가 쏟아졌다. 그중 가장 최근에 도착한 대화가 액정에 딱 떴다.

현규 : 악마…… 녹음실의 악마! ㄷㄷ

수는 어처구니가 없었다.

"얘가 뭐래니? 비 오는 날 먼지 나도록 털려봐야 정신을 차리려나."

어찌 보면 원격으로 녹음이 진행된 게 현규 입장에서는 천만다행이다.

녹음실에서 녹음을 진행했다면 현규는 눈물콧물을 쏙 뺐을 것이다. 그만큼 수가 내놓는 기준은 엄격했으며 요구하는 수준도 높았다.

나 : 노래 설렁설렁 부르지?

현규 : 설렁설렁이라니요. 연습 많이 했는데……. 제 노력을 매도하지 말아주세요ㅜ

나 : 누가 많이 하래? 잘 부르랬지.

현규 : ㅠㅠ

현규는 진짜 울고 싶은 심정이었다. 가이드 곡을 받은 시점부터 나흘 동안 잠자는 시간 빼고는 완전히 곡에 몰입해서 연습에만 매진했으니까.

그때였다.

지이잉!

손에서 놓아두었던 수의 휴대전화 진동이 다시금 울렸다.

"또 누구야?"

귀찮아 죽겠다는 얼굴로 모바일 메신저 대화를 확인했다.

국보소녀의 에이스 지아다.

지아 : 오빠! 오빠!
나 : ?
지아 : 오빠가 대치동 살쾡이 맞죠?

수가 입술을 실룩거렸다.
"얘는 무당이야?"
다 안다는 듯 묻고 있지만 그걸 또 순순히 인정할 수가 아니다.

나 : ?
지아 : 좀! 물음표만 치지 말고! 대답을 해요, 대답을!
나 : 아닌데요?
지아 : 다 알고 묻는 거거든요?
나 : 아니라고 했습니다.

끝까지 아니라고 잡아떼는 수의 미간에 짜증이 잡혔다.
"하! 돌아버리겠네. 지아 씨는 도대체 어떻게 안 거야? 현규 이 자식이 불었나?"
불똥은 자연스럽게 현규에게 튀었다. 그도 그럴 것이 수의 정체를 아는 사람은 이상민과 현규가 유일하다. 두 사람의 입을 통해 새어 나갔다고 의심할 수밖에 없다.

지아 : 맞잖아요! 맞는데 왜 아닌 척해요!
지아 : 오빠 왜 대답이 없어요··?
지아 : 진짜 아니에요?
지아 : 에이, 맞구만 ㅋㅋㅋ
지아 : 씹어요?

보지 않아도 알 것만 같은 지아의 추궁에 수가 귀찮아 죽겠
다는 표정을 지었다.

"당분간 모바일 메신저는 보지 말아야겠다."

수가 말과 동시에 휴대전화를 책상 어딘가에 내동댕이쳤
다.

때론 부정(不正)보다 무시(無視)가 나을 때도 있는 법이다.

6

"딱 걸렸어! 찔리니까 말 씹는 거 봐."

지아는 범인을 발견한 탐정마냥 의기양양한 미소를 지었
다.

시간이 꽤 지났음에도 수는 모바일 메신저 대화를 확인하
지 않고 무시한다.

이제까지 한 번도 이런 적이 없었는데?

평소하지 않던 행동은 의심을 키우는 법.

지아는 수가 들통이 난 바람에 곤란해서 답장을 하지 않는 거라 확신했다.

"이럴 때 보면 귀엽다니까. 큭큭, 아까 녹음실에선 센 척도 엄청 하던데."

지아가 입을 가리고 키득키득 웃었다.

평소 수의 이미지를 떠올렸을 때 대치동 살쾡이의 무뚝뚝하고 냉소적인 단답형 말투는 전혀 매치가 되지 않았다.

의도적으로 본인인 걸 감추고자 센 척했을 거라 상상하니 웃음이 그치질 않는다.

"아씨! 근데 생각해 보니까 좀 짜증 나네? 겨우 내 스타일의 남자를 만났다고 생각했는데, 하필 동일 인물일 게 뭐야?"

생각할수록 너무 아쉽다. 수에 대한 마음을 잠시 접어두고 정말 괜찮은 남자를 만났다고 생각했는데 하필 같은 사람일 줄이야 꿈에도 알지 못했다.

"그래도 뭐…… 남들이 모르는 수 오빠의 비밀을 알고 있다는 건 나쁘지 않네."

남들은 알지 못하는 비밀 공유.

설레는 가슴을 안고 지아가 발끝으로 땅을 콩콩 찍었다.

7

그로부터 열흘 뒤, 현규의 첫 디지털 앨범이 발표됐다.

TG엔터테인먼트의 자금력을 기반으로 K팝스타들 출신의 이미지를 부각시킨 티저 영상으로 한껏 기대감을 끌어 올렸다.

또 신인 가수에게는 볼 수 없는 쇼케이스를 진행해 인터넷 대형 포털 사이트를 통해서 실시간 생중계로 볼 수 있도록 했다.

그 효과는 매우 컸다.

서바이벌 오디션 프로그램을 거치며 갈고 닦은 가창력을 뽐낼 수 있는 기회의 장이 된 것이다. 덕분에 각종 검색어 순위에 현규와 곡의 제목이 도배하다시피 올라갔다.

그로 인한 연쇄 작용으로 신곡이 세상에 공개되는 것과 동시에 음원 차트 1위에 오르는 기염을 토했다.

K팝스타들 우승자 김현규, 소름 돋는 가창력 선보여!

'고독과 외로움을 얘기하고 싶었어요.' 사랑에 빠지고 싶다, 차트 올킬!

가수 김현규, 대치동 살쾡이와 엮인 녹음 일화 공개!

원격 프로듀싱? 대치동 살쾡이 그는 누구인가?

의도하지 않게 연관 검색어로 대치동 살쾡이가 올랐다.

TG엔터테인먼트 홍보팀에서 의도적으로 원격 녹음 과정을 언론에 흘려서 화젯거리로 만든 것이다.

동시에 대두된 것은 베일에 싸인 대치동 살쾡이의 정체다.

사상 최초로 원격 프로듀싱을 감행했던 소식까지 전해지자 그의 신비로운 정체에 대한 말들이 쏟아졌다.

"좀 문제가 있는 게 아닐까? 왜 있잖아, 은둔형 외톨이 같은 스타일."

"그런 사람이 밧줄 춤을 춰서 보내주겠니?"

"듣고 보니 그러네."

"난 알 거 같아. 언론에 노출이 되면 안 되는 사람인 거지. 예를 들면 유력 정치인이나 기업인의 숨겨진 아들 같은 거야. 부모님의 반대를 무릅쓰고 음악을 하는 거지."

"그거 말 되네! 만약 거기에 얼굴까지 잘생기면?"

"대박! 생각만 해도 좋다!"

대치동 살쾡이에 대한 궁금증은 갈수록 증폭되었다. 굳이 정체를 밝히지 않으려 하는 신비주의에 재벌 3세라는 설까지 나돌 정도였다.

그즈음이었다.

익명의 온라인 유저를 통해서 원격 프로듀싱 과정에서 녹음된 대화의 일부가 공개가 되었다.

그만. 건조합니다. 다시.

감정 과잉. 다시.

끝 음에서 숨을 토하듯이. 다시.

그간 베일 싸여 있던 대치동 살쾡이의 카리스마 넘치는 모습에 대중들은 열광했다. 강압적이면서도 녹음실을 주무르는 대치동 살쾡이의 장악력에 매료되어 버린 것이다.

더 화제가 된 건 바로 대치동 살쾡이가 녹음 과정에서 예시로 불렀던 노래다.

한 온라인 유저가 동영상 편집 기술을 발휘해서 대치동 살쾡이가 녹음 과정에서 예시로 든 음악 파트를 하나로 엮은 것이다.

제법 정교하게 편집된 음원은 대치동 살쾡이가 부른 가이드 곡과 비교하면 음질이나 완성도에서 크게 뒤처졌지만 그것만으로도 대치동 살쾡이의 경이로운 가창력을 짐작 가능케 했다.

"이거 누가 부른 거야? 아마추어 수준이 아닌데?"

"음질이 이런 데도 소름이 끼쳐."

"답답해서 돌겠네. 대치동 살쾡이가 도대체 누구야? 정보 없어?"

"이 정도 가창력이라면, 발라드 황제 강지우?"

"아냐, 톤이…… 박혁 아닐까?"

"이거 음성 변조 한 겁니다. 그러니까 억지 추측은 하지 말죠."

"아이돌은 좀 듣고 배워라. 샹! 프로듀서가 이 정도로 노래하는데 네들은 그게 노래냐?"

대치동 살쾡이의 음원이 일파만파 퍼지며 화제의 중심이 되자 심지어는 현역 가수들도 그의 정체를 파내는 데 합류했다.

대치동 살쾡이의 정체에 대한 궁금증으로 대중들이 들끓자 언론사들도 기사를 쏟아냈다.

대치동 살쾡이의 정체는 누구? 숨겨진 은둔고수?

가수 박혁, 대치동 살쾡이 유력 인물로 급부상!

박혁, '나는 아니다', '보컬의 신 유진산 선배가 아닐지' 추측!

풀리지 않는 수수께끼. 대치동 살쾡이는 정녕 누구인가?

시간이 흐를수록 진정이 될 거란 예상과 달리 대치동 살쾡이는 검색어 순위에서 내려갈 기미를 보이지 않았다.

심지어 대중들은 대치동 살쾡이가 남에게 준 곡이 아니라 직접 부른 노래들이 듣고 싶다며 아우성을 쳤다. 몇몇 이는 얼굴도 모르는 대치동 살쾡이의 팬클럽을 만들기까지 했다.

그야말로 이슈 메이커로 급부상한 대치동 살쾡이.

조만간 발표 예정인 국보소녀 에이스 지아의 싱글 곡에도 작사로 참여했다는 소식이 언론을 타고 전해지면서 그에 대한 열기는 좀처럼 식을 줄을 몰랐다.

"망할."

정작 당사자인 수는 죽을 것 같은 얼굴을 하고 있었다.

사람들의 입에 오르락내리락하는 게 싫어서 정체를 숨겼을 뿐인데 그 일로 말미암아 오히려 더 대중의 관심과 주목을 받게 된 것이다.

고은은이 눈웃음을 지으며 살살 웃었다.

"큭, 다 뿌린 대로 거두는 거예요."

"저 놀리시는 거죠?"

"제가요?"

수는 웃지도 울 수도 없었다.

Chapter 8

1

TG엔터테인먼트 사옥.

고급 한정식 식당 뺨치는 명품 구내식당으로 유명한 그곳의 한 연습실에서 수와 지아는 내일 예정인 쇼케이스 무대의 최종 호흡을 맞추고 있었다.

"다 믿었어, 우리 둘이……."

서로를 그윽하게 바라보며 마지막 구절을 노래한다. 감미로운 음색만큼이나 애틋한 눈빛은 정말 두 사람이 이별을 한 게 아닐까 싶을 정도로 몰입한 듯 보였다.

"여기까지! 오빠, 수고했어요."

민낯에 가벼운 추리닝 차림의 지아가 눈을 찡긋 감으며 윙

크했다.

청초함이나 화려함은 보이지 않지만 소녀 같은 수수함이
배어난다.

그러나 수에게는 먹히지 않았다.

"아양 부려도 소용없어요. 저 아닙니다."

"피! 맞으면서."

입술을 삐죽 내민 지아가 눈을 살짝 흘겼다.

그 시선에 수는 땅이 꺼져라 한숨을 내쉬었다.

'얘가 날 말려 죽이려고 하나?'

수는 지아에게서 미저리 뺨치는 집착을 보았다.

지아는 쇼케이스 무대 준비를 위해 동선을 맞추는 내내 집
요하게 수를 괴롭혔다.

"딱 봐도 오빠네요. 어깨 라인이 똑같은데?"

"대치동 살쾡이 오빠, 저 곡 좀 주세요. 헤헤."

"그만! 그만! 그만. 앞으로 그만쟁이 오빠라고 불러야지."

"나만 아는 비밀이라 그런가? 너무 좋다. 그죠, 대치동 살쾡이
오빠?"

수가 아니라고 부정을 해도 소용이 없었다.

지아는 수의 안중 따위는 중요하지 않았다.

'……다 때려치울까?'

어제는 진짜 절정이었다. 수가 정색을 하고 아니라고 해도 소용이 없었다. 이미 강하게 확신하고 있는 걸로 보였다.

더 상대해 봤자 피곤함만 느낄 것 같다.

수는 냉수로 목을 적시곤 잠시 쉼터가 되어주던 의자에서 일어났다.

"저 가요."

"서운하게 밥도 안 먹고 가요?"

"먹다가 체할 거 같아서요."

"헐!"

수의 뼈 있는 대꾸에 지아가 어이없어 했으나 그것도 잠시뿐이었다.

"그러면 마지막으로 물어볼게요. 진짜 오빠 아니에요?"

"아니라고 몇 번을 말합니까?"

"아니구나. 아니니까 같이 밥 먹고 가요. 오늘 메뉴 갈비래요. 헤헤."

"……."

지아는 팔짱을 끼더니 질질 끌다시피 수를 구내식당으로 인도했다.

'내가 너무 심하게 구나?'

수가 불편한 심기를 드러낼 때마다 너무 과한 게 아닌가 싶어 미안한 마음이 들었다.

'그야 맞는데 아닌 척하니까 그러지!'

이미 대치동 살쾡이가 가시나무 뮤직과 이상민과 관계가 깊다는 사실도 확인했다.

여러 가지 정황상 확신을 하기도 했지만, 꼭 그게 전부만은 아니었다.

'놀리는 맛이 너무 상쾌한걸? 아, 중독돼서 끊을 수가 없다고.'

다른 사람들은 알지 못하는 수의 비밀을 독점하고 있는 기분이 싫지 않았다.

이 남자를 가질 수가 없기에.

수의 작고 소소한 비밀을 독점하고 놀리는 것으로도 작은 행복을 느꼈다.

딩동!

엘리베이터가 구내식당에 도착했다.

군침을 불러일으키는 음식 냄새보다 더 두 사람을 반긴 건 눈을 따갑게 하는 조명과 카메라였다.

"뭐야, 나 노메이크업인데!"

지아가 인상을 팍 쓰더니 혹여 카메라에 잡히기라도 할까 모자를 푹 눌러썼다.

"박정수잖아?"

꼴 보기도 싫은 얼굴이 떡하니 눈에 들어왔다. 카메라의 앵글과 조명이 박정수를 향해 고정되어 있는 걸로 보아 그가 주인공인 듯싶었다.

"N.net의 뮤직박스네.'

지아는 한눈에 방송사와 프로그램명까지 알아봤다.

뮤직박스는 음악 전문 채널의 인터뷰 프로그램으로 뮤지션들의 일상을 주로 담는다. 국보소녀도 촬영한 전력이 있기에 포맷을 잘 알고 있었다.

지아가 투덜거렸다.

"촬영을 할 거면 위에서 하든가. 왜 식당에서 저런대? 밥은 좀 편하게 먹게 둬야지. 다 폐 끼치게 뭐하는 거야."

"그러게 말입니다."

바로 그때, 수와 지아를 발견한 박정수가 반갑게 손을 흔들며 아는 척을 했다.

"어? 지아야, 밥 먹으러 왔어? 수 씨도 계셨네요."

"저 인간은 왜 아는 척이야."

말은 그리했지만 지아는 특유의 상큼한 미소를 지으며 손을 들어 올렸다.

"국보소녀야!"

놓칠 수 없다는 생각에 진행자가 호들갑을 떨었다. 동시에 촬영 팀의 카메라 앵글이 지아를 담고자 돌아가던 때였다.

"죄송한데 우린 찍지 말아주세요."

"저, 인사 정도만……."

"죄송해요. 내일 쇼케이스라 좀 예민하네요."

"……."

정중하지만 날이 선 거절에 진행자와 카메라맨도 더는 조를 수가 없었다. 따로 허가를 받지도 않았거니와 차후 분란의 소지가 발생할 수도 있는 까닭이다.

　진행자는 예정대로 박정수의 인터뷰에 집중했다.

　"그러면 식사는 늘 여기서?"

　"거의요. 동선도 짧아서 먹고 녹음실로 바로 올라가면 되거든요. 그리고 무엇보다 음식이 너무 맛있고 훌륭하잖아요?"

　"하하, 그러게 말입니다. 실제로 보니 TG사옥의 구내식당이 왜 명품이라 불리는지 알겠네요."

　박정수는 미소를 머금곤 크게 수저로 밥 한술을 퍼서 입이 욱여넣었다. 그리곤 최대한 리얼한 표정으로 맛있게 씹어 삼켰다.

　반대편의 수는 식판에 음식을 받으며 중얼거렸다.

　"CF 찍나?"

　"좀 유난스럽게 먹긴 하네요."

　수와 지아는 식판 가득 음식을 받아 건너편에 앉았다. 혹시라도 카메라 앵글에 찍히는 걸 경계한 것이다.

　그러거나 말거나 저쪽에서는 화기애애한 분위기 속에서 촬영이 이어졌다.

　"최근 프로듀서로서 기세가 대단합니다. 가수 혜리 씨부터, 지아 씨 솔로 앨범에도 참여했다면서요?"

"네, 어쩌다 보니 기회가 오더라고요."

"어떤 곡인지 소개 좀 부탁드릴 수 있을까요?"

"제 입으로 말하기 좀 부끄럽네요. 복고 느낌이 강한 EDM 곡인데, 지아 씨의 음색과 잘 매칭되는 후크가 매력적인 곡이죠. 아! 80년대 느낌을 떠올리시면 연상이 될 거예요. 의상 콘셉트도 그 느낌으로 살릴 거고요."

"그 시대를 살아보신 것도 아닌데 어떻게 느낌을 살리신 거죠?"

"간접 체험이요. 책이나 영상으로 봤어요."

박정수는 자랑할 게 못 된다는 듯 겸손하게 대답하면서도 반대편에서 밥을 먹고 있는 수를 힐끗거리면서 의식했다.

'보고 있냐? 넌 끽해야 무대에 서서 노래나 부르는 앵무새지만, 난 네가 무대에 서게 만들어주는 프로듀서가 됐지.'

박정수가 의기양양하게 이죽거렸다.

탄탄대로였던 인생에 유일한 패배감을 안겨줬던 인간이 수였다.

그러나 이제는 아니다.

프로듀서로서 성공을 거두자 외부 기획사, 가수들이 함께 작업하고 싶다는 의뢰가 물밀 듯이 밀려들어 왔다. 잘나간다는 반증이다.

'넌 노래를 하지만 난 음악을 한다. 정확하겐 싱어 송 라이터지. 알겠냐, 이수? 이게 너와 나의 차이야.'

지금 이 순간 박정수는 승자의 희열에 도취됐다. 슈퍼스타Z에서 당했던 굴욕감이라는 체증이 뻥 뚫린 듯 내려가는 느낌이다.

그러나 정작 당사자인 수는 그에게 신경조차 쓰지 않고 있었다.

'쟤는 왜 자꾸 쳐다봐? 밥맛 떨어지게.'

늘 사람에게 호의적인 수가 유일하게 적대심을 보이는 인간이 바로 박정수다.

어느 정도냐면 말을 섞으면 양치를 해서 더러워진 입을 부시고, 악수를 하면 손을 박박 타월로 밀고 싶은 인간쓰레기로 생각한다.

"이건 좀 이른 말이긴 한데, 이 기세면 올해 가을에 있을 아시아 K—POP 뮤직 어워드 프로듀서상을 수상할 수도 있을지 모르겠는데요?"

"제가요? 아직 멀었습니다. 후보에만 올라도 기쁠 것 같네요."

'나 아니면 받을 놈이 있긴 하고?'

박정수는 내심 자신만만했다.

혜리의 후속곡에서 대박을 쳤으며, 곧 있으면 발매될 지아의 싱글 앨범 후속곡 역시 박정수의 손을 거쳐서 완성이 됐다.

현재 작업 중인 곡들의 완성도도 높다. 대중의 호응을 받을 거라 믿어 의심치 않았다.

"겸손하시네요. 네티즌들은 올해 프로듀서상 수상은 대치동 살쾡이와 박정수 씨 두 분으로 압축이 된다고 합니다. 이 점에 대해선 어떻게 생각하시죠?"

"……!"

건너편에서 식사를 하던 수의 젓가락이 멈칫했다. 귀 기울여 들진 않았지만 대치동 살쾡이 언급에 귀가 뜨인 것이다.

'내 얘기를 하는 중인가?'

아무렇지 않은 듯 식사를 하면서도 수의 집중은 그쪽으로 쏠린다.

박정수가 잠시 생각을 정리하곤 입을 연다.

"비교가 어렵네요. 대치동 살쾡이와 저는 음악적 차이가 크거든요."

"정확히는 어떤 차이인가요?"

"이를 테면 대치동 살쾡이는 본인이 좋아하는 음악을 해요. 앞서 발표한 곡들이 그랬어요. 딱 듣는 순간 대치동 살쾡이의이 음악이란 걸 알 수가 있죠."

"아하, 그러면 박정수 씨의 음악은 어떻죠?"

"전 색깔이 없어요. 대중들이 들었을 때 좋은 곡, 또 듣고 싶은 곡이면 다 족해요."

진행자가 눈을 가늘게 떴다.

"본인의 음악이 좀 더 자유롭고 트렌디하다는 말로 들리는데요?"

"노코멘트할게요."

박정수는 의미심장한 미소를 지으며 어깨를 으쓱해 보였다.

'그런 구닥다리 음악을 어디에 들이대?'

애초에 대치동 살쾡이는 안중에도 없었다.

연달아 음원차트 상위권을 접수하며 좋은 결과를 얻긴 했지만 요행이라고 여겼다. 현규의 타이틀 곡만 하더라도 TG엔터테인먼트의 전폭적인 마케팅과 원격 녹음이라는 화제성이 없었다면 그만한 인기가 없었을 거라고 자부했다.

또 한 사람, 수는 멀찌감치에 떨어져서 인터뷰를 전문을 고스란히 듣고 있었다.

"밥 다 먹었으면 일어날까요?"

"네, 그러죠."

식판을 들고 선 수가 식기 반납대 쪽으로 걸어갔다. 그러면서도 시선은 박정수에게서 떨어지질 않았다.

'기가 차네. 네가 날 평가해?'

돌려서 말하긴 했지만 대치동 살쾡이의 음악이 자신보다 한 수 아래인 듯한 뉘앙스를 풍겼다.

'그때도 넌 그랬어. 내 노래가 올드하다고 했지.'

수는 그 평가에 공감하지 않는다.

음악은 경쟁이 아니다. 음악에 순위를 매기고 비교하는 것만큼이나 불필요한 건 없다고 생각했다. 음악은 달라야만 하고, 그 다름이야말로 음악이 존재하는 이유기 때문이다.

'내가 장담하지. 네가 아시아 K―POP 뮤직 어워드 프로듀서상을 받는 일은 없을 거야.'

식판을 치우고 돌아서서 구내식당을 나서던 수가 마지막으로 박정수를 노려봤다.

'내가 널…… 밟을 거니까.'

2

올림픽공원 내부에 위치한 올림픽홀.

오픈 전 마지막 리허설을 거치며 최종 점검을 하느라 스태프들이 분주했다.

그도 그럴 것이 오늘 밤 여덟 시 이곳은 광란의 도가니가 될 것이기 때문이다.

저 화려하고 근사한 조명을 받으며 무대에 서게 될 오늘의 주인공은 국보소녀 지아다.

무려 2분 만에 티켓을 매진시키는 기염을 토한 그녀는 관객 4,300명을 수용할 수 있는 규모의 올림픽홀에서 최대 규모의 싱글 앨범 발매 기념 쇼케이스를 진행할 예정이다.

국보소녀의 인기를 실감하듯 쇼케이스를 앞두고 온라인의 반응도 뜨거웠다.

사전에 공개된 티저 영상으로 한껏 기대감이 부풀어 올랐다.

한겨울 눈을 맞으며 눈물을 흘리는 지아의 티저 영상 때문이다. 거기에 구슬픈 타이틀 곡 그 남자 그 여자 사정의 멜로디를 공개하면서 뭇 남성의 가슴을 흔들어놓았다.

오늘도 TG엔터테인먼트와 제휴를 맺은 대형 포털 사이트를 통해서 생방송 실시간 중계가 예정되어 있다.

단순한 싱글 앨범 홍보를 넘어서서 미니콘서트 이상으로 큰 쇼케이스가 되어버렸다.

"왜 이렇게 갈증이 나지?"

스탠바이 삼십여 분을 남기고 수의 대기실을 찾아온 지아가 물을 벌컥벌컥 마시며 손부채를 부쳤다. 이마에 맺힌 식은 땀을 훔치는 손길이 긴장한 기색이 역력하다.

"긴장했어요?"

"누가요? 제가요? 오빠, 저 국보소녀 지아예요. 신인도 아니고, 긴장은 무슨."

기가 찬다는 듯 아닌 척 굴었지만 상기된 표정은 감출 수가 없었다.

"긴장한 거 맞는데요?"

"아니거든요?"

"티 다 납니다."

"……."

수가 몰아가자 그녀가 잠시 입을 다물었다.

왠지 모르게 당한 기분이다.

이렇게 당하긴 싫다는 듯 지아가 수를 흘기며 꾹 담아뒀던 말을 뱉었다.

"대치동 살쾡이."

"……할 말 없으면 그 말입니까?"

늘 이런 식이다. 자기가 곤경에 처하면 대치동 살쾡이를 물고 늘어지며 모면하려고 들었다. 처음엔 귀찮고 짜증이 났는데, 이젠 적응이 됐는지 수도 대수롭지 않게 대꾸할 수 있게 됐다.

지아가 크게 숨을 삼켰다가 뱉었다.

몇 번이고 반복했지만 쿵쾅거리는 심장은 진정이 되질 않았다.

"후아! 진짜 긴장했나?"

"부담이 많이 되나 봐요?"

"무대에 늘 언니하고 동생들이랑 같이 서 버릇해서 그런가? 혼자 서려니 살짝 무섭기도 해요."

연습생 시절부터 데뷔까지 늘 함께 무대에 서왔던 멤버들이다. 그녀들이 없이 홀로 무대에 선다는 것 자체가 모험이고 도전이었다.

"풉. 안 어울려요. 귀신 머리채도 잡을 거 같은 지아 씨가 무섭다니, 이미지랑 안 맞는다."

"뭔가 단단히 착각하셨네. 제 이미지 국민 며느리거든요?"

"누가 그래요?"

"대중들이요."

"대중들이 잘못했네. 속았어."

"……."

지아가 눈을 흘기며 으르렁거렸다.

"대치동 살쾡이."

"또, 또 지겹지도 않아요? 그리고 살쾡이는 저보다 지아 씨가 더 닮았다고요."

지아의 긴장을 풀어줄 만한 농담을 주고받고 있을 때였다.

똑똑.

노크 소리가 들렸다.

"들어오세요."

지아의 대답이 떨어지기가 무섭게 대기실이 열리며 시선을 확 빼앗는 여자들이 밀고 들어왔다.

"짜잔!"

"우리 왔지롱."

"언니! 스케줄 미루고 왔어!"

줄줄이 밀고 들어오는 여자들을 보며 지아의 얼굴에 당혹감이 번졌다.

"다들 못 온다고 하더니…… 여길 어떻게 온 거야?"

"어떻게 오긴, 비행기 앞당겨서 왔지."

"뭐야, 영 반응이 시원찮네?"

"짐 다시 싸. 리액션이 영 별로라서 다시 중국 가야겠어."

순간 감동을 받은 지아의 눈가에 눈물이 핑 돌았다.

해외 스케줄이 있었던 관계로 멤버들은 쇼케이스에 오지 못한다고 했다. 그래서 더 긴장하고 불안했던 지아로서는 생각지도 못한 선물을 받은 기분이다.

"수 씨는 오랜만에 뵈네요. 잘 지내셨어요?"

안면이 있던 국보소녀 수영이 반갑게 말을 걸어왔다. 그도 그럴 것이 뻔질나게 TG사옥을 왕래했지만 스케줄상 수영과 마주치지 못했던 것이다.

가시나무 뮤직 녹음실에서 본 이후에 처음 만난 셈이다.

"저야 뭐 늘 같죠. 수영 씨야말로 못 보던 새에 더 예뻐지셨네요."

"보톡스 맞았거든요. 탱탱하죠?"

"……."

"농담이에요. 너무 정색하신다."

수영이 피식 웃으며 지아를 확 끌어당기더니, 척하고 어깨에 손을 얹었다.

"우리 지아 잘 부탁해요. 얘가 보기와 달리 무대공포증이 있거든요."

"내가? 나 그런 거 없거든?"

"얘가 이래요. 개구리 올챙이 적 생각 못 한다니까. 너 예전에 관객들 무섭다고 선글라스 끼고 무대에 오르고 그랬잖아."

"언니는 언제적 얘길!"

지아가 빽 소리를 질렀다.

늘 자신만만하던 그녀였기에 그런 소심했던 과거는 숨기고 싶은 치부였다. 하물며 마음에 둔 남자 앞에서는 더더욱 그랬다.

그 와중에 경직되어 있던 지아의 표정이 점점 펴졌다. 편안함을 주는 국보소녀 멤버들과 함께 있으며 긴장이 풀리고 이완된 것이다.

'더 있어봤자 방해야.'

수는 조용히 자리를 피해주었다.

쇼케이스 시작 전까지 가족이나 다름없는 국보소녀 멤버들과 시간을 갖는 게 여러모로 그녀에게 좋을 거라 판단을 내렸다.

대기실로 돌아온 수는 목을 풀며 무대를 준비했다.

"오 분 뒤에 스탠바이합니다. 백스테이지에서 대기해 주세요!"

소파에 앉아 있던 수가 마지막 점검을 끝내고 일어났다.

백스테이지에 도착하자 무대 너머로 웅성거림이 들려온다. 벌써부터 지아와 수의 이름을 연호하는 목소리도 들린다.

그때 지아가 저 앞에서 걸어온다.

"한결 나아 보여요."

"세상에서 가장 소중한 응원을 받았거든요."

편안한 미소를 지으며 수를 가로질렀다. 무대의 양끝에 선 두 사람은 연출의 신호가 오길 기다렸다.

잠시간이 흐르고 무대에 설치된 장비들이 천천히 움직였다.

물과 4D파노라마 영상을 활용하여 무대를 낭만적이면서도 슬픔이 가득 배어 있는 호숫가로 탈바꿈시켰다.

"올라가요!"

FD가 손짓을 했다.

무대로 올라가라는 신호다.

수는 리허설에 했던 대로 타이밍에 맞춰 노래를 하며 무대에 등장했다.

"네가 다시 돌아올까 봐."

감미롭지만 슬픔의 응어리가 맺힌 음색.

헤어진 지나간 연인을 잊지 못하는 간절한 진심.

수의 노래는 사람을 매료시키는 힘이 있다. 특히 가성과 진성을 오가며 터뜨리는 그 호소력은 관객들의 가슴에 잔잔한 파장을 일으켰다.

누구나 소중한 사람을 떠나보낸 적이 한 번쯤은 있기에, 이 순간 쇼케이스에 모인 모든 관객은 하나가 되어 팔을 좌우로 흔든다.

'목소리가 너무 아파.'

'미친 음색이야. 다 믿었다는 말이 왜 이렇게 슬픈 거야.'

'그 사람도 헤어지고 나서 한 번쯤 내 생각 했을까?'

울먹이는 듯한 호소력 있는 수의 목소리가 떨려온다.

"……다 똑같나 봐."

수의 마지막 한마디가 관객들의 가슴에 맴돈다.

파트가 끝나고 잠시 간주가 흐른다.

전주가 구슬픈 피아노의 연주였다면, 간주는 하모니카 연주를 좀 더 섬세하고 아픈 느낌을 강조한다.

그 연주가 끝날 즈음, 반대편에서 지아가 무대 위로 올라섰다.

"네가 다시……."

지아의 음색은 차분하다.

갈무리된 감정은 수만큼의 호소력은 없지만 그 나름의 짠함을 간직했다.

특히 다른 사랑을 못 한다며 떠나간 그 사람을 원망하는 부분에서는 사랑하는 사람을 잃고 홀로 앓는 여자의 마음이 깊게 잘 배어 있었다.

그윽한 눈길을 주고받으며 수와 지아는 무대 가운데서 만났다.

그사이 지아의 파트가 끝이 나고 이 노래의 하이라이트인 듀엣 부분으로 들어갔다.

"미치도록 사랑했었는데……."

서로를 향한 마음을 담아내는 독백.

수는 찬찬히 눈빛을 교환하면서 지아의 음정에 맞춰서 호흡했다. 조금 더 지아가 돋보일 수 있게 하기 위함이다.

두 사람은 진심을 알게 됐으나 엇갈릴 수밖에 없던 안타까움을 일거에 토해낸다.

"다 주고 떠난다는 그 사람!"

"I'm gonna crazy!"

지아의 호소에 맞춰 수가 절규했다.

금성에서 온 여자, 화성에서 온 남자라는 말처럼 같은 이별 앞에서도 전혀 다른 표현으로 두 사람은 이별의 아픔을 표현했다.

특히 압권은 수의 애드리브였다.

"I'm gone crazy! I'm gone crazy!"

메인은 지아의 음색에 초점을 맞춰주면서도 강약을 조절해 본인의 포효를 잃지 않는다.

관객들은 넋을 잃은 얼굴로 팔뚝을 문질렀다.

'소, 소름 끼치는 가창력이야.'

'키(Key) 좀 보소. 3옥타브 넘었던 거 아냐?'

'와, 이게 맞춰주는 애드리브라고? 미친다, 미쳐.'

수는 선을 넘지 않고 지아에게 최대한 맞춰서 불렀다. 그럼에도 불구하고 숨길 수 없는 미친 가창력에 관중들의 감탄이 이어졌다.

서로를 향하여 손을 뻗었다. 닿을 듯 닿지 않는 거리에서 노래도 끝을 고한다.

"다 믿었어, 우리 둘은⋯⋯."

서서히 암전되는 무대 위.

서로 돌아오길 믿고 바랐으나, 결국 다시 만나지 못했으리란 암시를 남기며 노래는 끝이 났다.

그리고 우레와 같이 기립 박수가 터졌다.

"와아아!"

"천의 미모 지아! 지아!"

"노래 좋아요!"

관객들의 반응은 폭발할 듯이 열광적이었다.

워낙 노래가 좋기도 했지만, 아이돌 가수 출신이라고 믿기 힘든 지아의 음색과 가창력 종결자라는 수식어가 따라 붙는 수의 환상적인 듀엣에 푹 빠져 버리고 만 것이다.

이 쇼케이스를 인터넷 생중계로 보고 있던 네티즌들도 경악했다.

노래 미친다, 진짜. 저게 사람이야, 돌고래야?

언니, 노래 좋아요♥ 제가 장담하는데 대박입니다!

나만 애드리브에서 소름 끼쳤나?

저도 소름 끼쳤어요! 딱 봐도 수 씨가 맞춰주면서 부르는 느낌이었어요.

진짜 이런 건 현장에서 들었어야 했는데 ㅠㅠ

음원 차트 올킬 예약이네. TG의 양 사장만 노났네.

귀 정화하고 감.

천편일률적인 칭찬이 이어졌다. 아이돌에 대한 반감을 가진 네티즌이 많다는 걸 감안하면 곡, 노래, 무대 흠잡을 게 없다는 반증이기도 했다.

탓!

어두운 무대에 다시 불이 들어왔다.

어느새 정중앙에 놓인 두 개의 소파.

조명이 딱 비추자 잠시 무대를 비웠던 지아와 수가 빛을 받으며 다시 등장했다.

짝짝짝!

"수 오빠!"

"지아야, 사랑한다!"

"천의 미모 천지아! 천지아!"

열렬한 환호를 받으며 수와 지아가 소파에 나란히 앉았다.

"안녕하세요, 여러분! 지아예요. 이쪽은 다 아시죠? 가수 이수 씨입니다."

"안녕하세요. 이수입니다."

조금은 무뚝뚝하지만 그래서 더 차가운 매력이 느껴지는

수의 인사법에 여성팬들이 열광했다.

"우선 쇼케이스에 와주신 모든 분께 감사의 인사를 드립니다. 어떻게 노래는 잘 들으셨어요?"

이미 각종 토크쇼를 섭렵한 지아는 따로 진행자 없이 홀로 마이크를 켜고 진행 겸 소개를 도맡았다.

"네! 너무 좋아요!"

"듣는 내내 감동이었어요!"

"완전 죽입니다. 대박 장담할게요!"

각종 칭찬이 쏟아지자 지아의 표정도 밝아졌다. 아직 단언하긴 이르지만 쇼케이스 분위기가 생각했던 것 이상으로 좋은 까닭이다.

팬미팅을 연상케 할 만큼 좋은 분위기가 이어졌다.

이벤트성으로 즉석에서 팬들의 질문을 받아서 답변을 하는 코너도 이어졌다.

"그러면 첫 번째 문자를 볼까요?"

뒤쪽의 전광판에 전화번호 뒷자리와 함께 질문이 공개됐다.

노래 너무 좋고요. 데뷔 이후 한 번도 연애설이 없던데, 연애는 안 하시는 건가요? 아니면 못 하시는 건가요?

지아가 과장스럽게 슬픈 표정을 지었다.

"윽! 곤란한 질문을. 안 하는 게 아니고, 못 하는 게 맞아요. 저 생각보다 인기 없어요."

"우우!"

"언니, 전 죽으란 소리예요?"

엄살에 관객들의 야유가 쏟아졌다.

국민 며느리 지아가 아니면 누가 인기가 없을까?

이미 아이돌 수준을 벗어난 탈아이돌 외모로 인정받는 지아가 앓는 소리를 해대니 반발이 심할 수밖에 없었다.

"진짠데요. 저 얼마 전에 고백도 못 해보고 차였어요. 딱 선을 긋는데 진짜……."

"……!"

지아의 돌발 고백에 쇼케이스장이 떠나갈 듯 웅성거렸다.

다른 누구도 아닌 아이돌 미모 톱 지아다. 모든 남성의 로망인 그녀의 고백을 매정하게 거부한 남자에 대해 궁금증이 이는 것은 당연하다.

인터넷을 통해 실시간 생중계로 시청 중인 네티즌들은 좀 더 자유롭게 그 남자에 대해 추적했다.

도대체 누구죠? 올 초에 스캔들이 났던, 그룹 비투비의 잭키?

재벌 3세겠지. 딱 보면 견적 뜨잖아.

와. 미친새끼네. 눈이 얼마나 높으면 지아를 차지?

난 손이라도 잡아봤으면 소원이 없겠는데…….

상처 입은 가여운 영혼을 또 내가 꼬셔줘야겠네. 지아야, 이리
와. 오빠가 위로해 줄게.

님들한테 해당 없음. ㅅㄱ

후끈 달아오른 분위기 속에서 그 남자가 누구냐는 의문이
증폭될 때였다.

지아가 초승달처럼 휘어지는 눈웃음을 치면서 수를 바라
보았다.

"후후."

"……."

의미 모를 미소에 수는 알 수 없는 불안감을 느꼈다.

'얘 또 무슨 사고를 치려고?'

지금 언급되는 남자가 수는 아니다. 은근히 호감을 비춘 적
은 있으나 고백을 받은 적은 없다. 근데 왜 이렇게 마음을 놓
을 수 없는지.

지아는 익살스러운 표정으로 장난을 쳤다.

"누군지 궁금하시죠? 말을 할까, 말까?"

걷잡을 수 없을 만큼 커져 가는 궁금증에 관객들이 안달이
났다.

"미쳤네. 우리 사랑스러운 지아를 거절해?

"당신이야말로 미쳤어? 그럼 그 남자랑 우리 여신님이 사
귀기라도 바랐다는 거야?"

"헉! 듣고 보니 그러네."

"차라리 나랑 사귀어! 내가 받아줄게!"

"시간 끌지 말고 누군지나 말해줘요!"

의견이 나뉘긴 했지만 궁금증만큼은 증폭됐다. 어찌나 분위기가 고조됐는지 여기서 비밀이에요 같은 맥 빠지는 소리를 했다간 진짜 한 소리 들을 만큼 살벌했다.

지아가 긴장한 듯 크게 심호흡을 했다.

"하아! 이거 긴장되네요. 공개합니다. 그분이 누구냐면…… 여러분도 다 아시는 분일 거예요."

꿀꺽.

관객들의 침 넘어가는 소리가 여기까지 들리는 듯하다.

"바로 대치동 살쾡이세요."

"……!"

생각지도 못한 폭탄 발언에 나란히 앉아 있던 수의 눈에 힘이 들어갔다.

'얘가 지금 뭐라는 거야?'

당혹스럽다 못해 머릿속이 새하얗게 질렸다. 자신을 보며 희미하게 웃고 있는 지아를 보지 못했더라면 순간적으로 잘못 들은 게 아닐까 착각마저 들 만큼 충격적이다.

그런 수와 비견될 만큼 충격을 받은 이들이 또 있다. 네티즌들이다.

으씨! 대치동 살쾡이가 누구야? 어떻게 생겨먹은 놈이냐?

요새 잘나가는 프로듀서잖아. 원격 녹음 모르냐?

네티즌 탐정들 뭐하냐? 대치동 살쾡이 정체 좀 까봐라.

재벌 3세 설이 진짜였나 보네. 취미로 음악한다더니, 지아를 까네.

눈이 무슨 정수리에 달렸나?

헉! 혹시 유부남 아냐?

그분 개멋짐. 나 앞으로 그분 형님으로 모심.

너 동생으로 안 받아줌.

이어지는 폭탄 발언에 실시간으로 쇼케이스 중계를 보고 있던 기자들이 환호했다.

떨어질 떡고물 없나 하이에나처럼 어슬렁거리던 터에 생각지도 못한 사건이 터진 것이다.

"다음 질문으로 넘어갈까요?"

무작위 추첨으로 뽑힌 질문에 대해 답변이 이어졌다.

하지만 대치동 살쾡이한테 차였다는 얘기의 충격이 워낙 커 귀에 들어오지 않았다.

"그러면 마지막 질문 보도록 할까요?"

지아가 뒤를 휙 돌아보자 전광판에 끝 번호 4413이 보내준 질문이 떴다.

싱글 앨범 축하드리고요. 전 수 오빠한테 할 말이 있어요. 오빠!
오빠가 대치동 살쾡이죠?

"……!"
누가 보냈는지는 모르지만 정곡을 찌르는 질문에 오히려
지아가 당황했다.
'꼭 조작한 것처럼 이런 질문이 올라와?'
최악의 타이밍이다. 하필이면 대치동 살쾡이한테 차였다
는 화두의 여운이 가시기도 전에 수를 대치동 살쾡이로 지목
하는 질문이 선택 됐을까.
무작위인 걸 감안하면 정말 지독한 우연이다.
안 그래도 여파가 남은지라 걷잡을 수 없이 사태가 커질 수
도 있다는 위기감마저 들었다.
지아가 당황해하며 말을 잇지 못하자 수가 구원투수로 나
섰다.
"이 질문 쓴 사람 누구죠? 얼굴 좀 보고 싶네요."
수는 돌직구를 던졌다.
피하기보단 정면 돌파를 택한 것이다.
"저라면 지아 씨 같은 사랑스러운 여자의 고백을 거절했을
거 같진 않네요."
수는 대치동 살쾡이가 맞냐는 질문에 긍정도 부정도 하지
않았다.

그저 자신을 비교의 대상으로 돌리며 화제를 전환했다.

'대놓고 거짓말을 하기엔 양심에 걸려서 말이지.'

언젠가 대치동 살캥이란 정체가 들통이 나겠지만 지금은 아니다.

'또 두근두근해 버렸어.'

아무렇지 않은 척 굴려고 하나 쿵 내려앉은 심장은 진정이 되지 않는다.

저 말이 진심이 아닌 걸 알고 있지만, 심장이 고장 난 것처럼 멋대로 뛴다.

특히 지아 씨처럼 사랑스러운 여자라는 구절이 가슴에 남아 떠나질 않는다.

'너무해. 또 기대하게 만들기나 하고……'

지아도 안다.

수에겐 사랑하는 여자 고은은이 있다.

그녀는 같은 여자가 봐도 눈을 뗄 수 없을 만큼 아름답다. 미모라면 어디서 기죽지 않을 지아도 한 수 접어줄 만한 미인이다.

다 제쳐 두고서라도 지금 수의 발언은 상황을 모면하기 위핸 재치 있는 발언이다.

그게 다다.

그 이상을 기대하는 것 자체가 부질없다.

그걸 뻔히 알면서도 부질없는 욕심이 꽈리를 틀고 고개를 든다.

'고백이라도 해봤으면……'

고백을 해도 답은 정해져 있다. 또 서먹해질 가능성도 높다.

그래도 전하고 싶다.

꾹꾹 눌러두고 있던 진심을.

이런 상황을 빌리지 않으면 언제 할 수 있을까 하는 마음이 든 것이다.

"이수 씨, 그 얘기 거짓말 아니죠?"

"뭐요?"

"고백하면 받아준다는 말이요!"

"……"

불안해하는 시선 너머로 지아는 용기를 쥐어짜 냈다. 장난스럽지만 그간 꺼내지 못했던 마음을 꺼내서.

"저 어때요? 우리 진지하게 만나볼래요?"

"……!"

진짜 불시에 예고도 없이 지아가 고백을 했다.

"오!"

"꺅! 고백했어. 했다고!"

"또 차이는 거 아냐?"

관객들은 흥미진진한 눈길로 두 사람을 번갈아 보며 반응을 살폈다.

'느낌이 좀 다른데?'

평소와 다른 위화감을 느낀 수가 잠시 대답을 미루고 차분하게 지아와 눈을 맞췄다.

위트 있는 진행을 위한 고백이라고 생각하려고 했지만, 어쩐지 느낌이 평소와 좀 다른 까닭이다.

아니다 다를까, 지아의 눈을 보니 동공이 심하게 흔들리고 있었다.

'설마 진심인 거야?'

쇼케이스에서 화제성을 만들어 주목을 받고자 장난스럽게 꺼낸 말은 아니란 소리다.

'참 사람을 난감하게 만든다니까.'

수는 평정심을 잃지 않고 유연하게 대처했다.

"땡!"

마치 전국노래자랑의 탈락을 상징하는 실로폰 소리가 울리는 듯하다.

수가 검지를 들고는 좌우로 휙휙 저었다.

"찔러보기씩 고백은 사절입니다. 나중에 좀 더 진지하게 고백을 한다면, 그때 가서 다시 생각해 볼게요."

"핏! 여러분, 저 또 차였습니다."

지아가 으쓱해 보이며 너스레를 떨자 관객들이 웃음바다가 되었다.

국민 며느리이자 국보소녀의 에이스 지아가 두 번 연속이

나 차였다는 것만으로도 큰 웃음거리가 된 까닭이다.

'차일 줄은 알았지만…… 진짜 차였네.'

얼굴은 웃고 있지만 끝내 씁쓸함을 감추지 못했다.

사람 마음이란 게 그런 게 아닐까?

머리로 이해하는 만큼 가슴으로도 쉽게 받아들일 수 있다면 얼마나 좋을는지.

좋아한단 말조차 전하지 못하고 바라보기만 했다. 아무렇지 않은 척, 친한 동생인 척 옆에 있는 것만으로도 좋았다.

문제는 그런 시간이 늘수록 감정이 깊어졌다는 거다. 자꾸 외면하려고 하고, 무시하려고 해도 눈에 밟히는 수의 매력에 걷잡을 수 없을 빠져들었다.

'그래도…… 후련하다.'

이제야 지아는 다 놓고 웃을 수 있었다.

전하지 못했던 진심을 이렇게나마 전할 수 있었기에.

미련마저 다 놓아버리고 정말 친한 오빠와 동생 사이로 마주할 수 있을 것 같았다.

지아가 활기차게 관객석을 바라보며 토크쇼를 마무리 지었다.

"지금까지 함께해 준 이수 씨에게 박수를 보내주세요."

박수 세례와 함께 서서히 무대가 암전이 됐다.

스윽!

수와 지아는 소파에서 일어나 등을 돌려 반대편 무대로 퇴장했다.

그러자 대기 중이던 스태프들이 무더기로 뛰어 올라갔다. 스태프들은 숙련된 솜씨로 소파를 치우며 후속곡 '미쳤어'의 콘셉트에 어울리는 디자인으로 무대를 재빠르게 교체했다.

"……."

백스테이지에 내려온 수가 뒤를 돌아봤다.

정신없이 간이탈의실로 들어가는 지아의 모습이 보였다. 후속곡 '미쳤어'의 쇼케이스 무대를 위해 의상을 갈아입고자 함이다.

'미안하단 말은 안 하마.'

수는 생각했다. 마음을 거절했다는 이유로 동정하는 것만큼이나 상대를 비참하게 만드는 일은 없다고.

휙!

수가 등을 돌려 백스테이지를 떠났다.

Chapter 9

1

키위차트 1위, 그 남자 그 여자 사정.
바다소리 1위, 그 남자 그 여자 사정.
웍스뮤직 1위, 그 남자 그 여자 사정.
N.net차트 1위, 그 남자 그 여자 사정.

그야말로 기록 경신이다. 이 외의 크고 작은 음원사이트 전
부에 최단 시간 1위로 등극했다. 올해 발매된 음원을 통틀어
서 최고 대박인 셈이다.

전문가나 평론가들도 예상치 못한 절정의 인기였다. 단조
로운 남녀혼성 발라드의 한계를 깼다는 평가가 줄을 이었다.

그 이면에는 쇼케이스에서 지아의 충격 고백이 불러온 파장도 컸다.

이미 연예 기사란과 잡지, 대형 포털 사이트는 지아의 고백을 받은 남자 대치동 살쾡이에 대한 이야기로 도배가 되다시피 했다.

철저히 정체를 숨긴 대치동 살쾡이의 정체는 오히려 사람들의 궁금증을 키웠다.

네티즌 탐정들이 출동해서 안간힘을 썼지만 찾지 못했다.

"너 어쩌려고 그러냐?"

녹음실, 이상민이 부러움 반 걱정스러움 반이 섞인 표정으로 물었다.

"뭐가요?"

"쇼케이스에서 네가 대치동 살쾡이 아니라고 했잖아? 나중에 걸리면 어쩌려고 막 지르냐?"

"저 아니라고 한 적 없는데요?"

"뭐?"

"사람들 참 이상해. 자기가 좋은 쪽으로 해석하는 경향이 있어요. 저라면 지아 씨 같은 남자를 거절하지 않겠다. 이게 어딜 봐서 제가 대치동 살쾡이가 아니라고 한 거예요? 딱 봐도 아니구만."

"……."

이상민은 뭐 이런 놈이 다 있나 싶어 볼을 실룩거렸다.

"그게 그거지! 하아, 아니다. 네가 욕을 처먹든 말든 나랑 뭔 상관이겠냐? 네가 알아서 해라."

"그보다 왜 보자고 한 거예요?"

"물어볼 게 있어서."

수와 눈을 맞췄다. 더없이 진지한 눈길 너머로 더없이 진중한 말이 튀어나온다.

"진짜 네가 찼냐?"

"……일어나 볼게요."

수가 진짜로 의자에서 일어나 가는 시늉을 했다.

그걸 의도적으로 피한다고 생각한 이상민이 자조적인 말을 뱉었다.

"와! 진짜 찼나 보네. 너 전생에 나라라도 구했냐? 이순신이야? 같은 이씨긴 하네."

"나라로 되겠어요? 세계면 모를까."

"이, 이."

얄미운 말만 골라서 하는 통에 이상민의 속이 부글부글 끓었다.

"형이 말이다, 지금 기분이 안 좋아. 널 보고 있으면 어제 본 글이 진짜 같거든."

"글이요?"

"요약하면 우리나라 예쁜 여자는 상위 남자 5%가 독점한다는 건데. 야! 진짜 너무한 거 아니냐? 끼리끼리 만난다지만,

지아 씨도 제수씨도 왜 다 너만 남자로 보냐? 너랑 나랑 같이 만난 적도 있잖아."

'그야 제가 너무 잘나서 그렇죠.'

수도 염치는 있는지 차마 저 말은 하지 못했다. 분위기상 잘못 말을 꺼냈다가는 진짜 한 소리 거하게 먹을 것 같아서다.

'성진 선배도 그렇고 왜 내 주변은 다 이러지?'

기회가 된다면 이상민에게도 좋은 여자를 소개해 줘야겠다고 다짐할 때였다.

지이잉.

휴대전화 진동음이 울린다. 액정을 확인하니 지아에게 걸려온 전화다.

"얘는 왜 이렇게 나한테 집착하지?"

"누군데?"

"지아요."

수는 귀찮아 죽겠다는 얼굴로 전화를 받았다.

통화가 연결되기가 무섭게 지아가 딱따구리마냥 쏘아댔다.

—오빠! 왜 전화 안 받고 피해요? 너무한 거 아니에요?

"좀 바빴어요."

—거짓말 좀 하지 마요. 방송 스케줄은 없는 거 뻔히 알고, 딱히 녹음이 있었던 것도 아니고, 한국 바둑리그나 기전에 참

가한 것도 아니잖아요. 일부러 안 받은 거 다 알거든요?

속속들이 스케줄을 꿰고 추궁하는 지아에 어이가 없었다.

'진짜 얘는 내 스토커가?'

진지하게 무섭다는 생각이 들었다. 스토커가 아니고서야 본인조차 잊어버린 과거의 스케줄을 기억하고 있을 수는 없다.

—인간이 진짜 알면 알수록 매정하고 차갑다니까. 뭐, 그게 매력이라 참긴 하겠지만.

"……."

—그래도 적당히 좀 해요! 안 그러면 재수 없단 소리 들어요.

"용건 없으면 끊습니다."

—잠깐만요!

지아가 얄미워 죽겠다는 듯 말했다.

—아오, 미워! 미워! 듣고 싶어 하는 용건 말하면 되잖아요. 어제 자체 회의에서 나온 얘긴데, 저 후속곡 활동 안 하기로 했어요.

수의 귀가 번뜩 뜨였다.

후속곡 '미쳤어'는 빠른 템포의 댄스 음악이었는데, 작곡부터 프로듀싱, 콘셉트, 안무까지 박정수의 손길이 묻은 작품이다.

"왜요?"

―그야, 그 남자 그 여자 사정 반응이 너무 폭발적이라 그러죠. 지금 닷새 동안 음원차트 올킬인 거 몰라요?

"모릅니다."

―모르는 척은. 실장님은 활동 기간 길어봐야 이미지 소진된다고 하더라고요. 그래서 타이틀 곡에만 집중하고 후속곡은 접기로 가닥이 잡혔어요.

"그래도 돼요? 안무랑 노래 연습에 투자한 것도 적지 않으니 손해 아닌가?"

―손해보다 이득이 더 크니까 접겠죠?

수가 체감하는 것 이상으로 그 남자 그 여자 사정의 반응은 폭발적이다.

음원차트 순위에서도 그게 드러나지만, 홍대나 이태원, 강남의 거리도 그 남자 그 여자 사정이 잠식했다고 해도 과언이 아니다.

또 이례적으로 노래방 애창곡 순위도 빠르게 치고 올라가, 몇 년째 1위를 지키던 이지(izi)의 응급실을 위협했다.

그야말로 센세이션한 반응이다.

그러다 보니 TG엔터테인먼트 내부에서도 굳이 후속곡 활동이 무의미하다고 판단했다.

절정의 인기를 구가하는 타이틀 곡만으로도 성공이 보장된 마당에 무리를 할 이유가 없다는 결론이다.

그도 그럴 것이 음악평론가와 전문가들도 그 남자 그 여자 사정의 인기를 심상치 않게 평가했다. 아래는 그 남자 그 여자 사정이 롱런할 수밖에 없는 근거로 제시된 것들이다.

'보고 싶다'에 필적하는 명곡의 탄생?

남녀가 함께 부르고 싶은 노래 1위.

그 남자 그 여자 사정, 한의 정서를 건드리다.

'그 남자 그 여자 사정' EDM의 홍수 속에서 진짜 음악을 제시하다.

물론 무리해서 후속곡 활동을 감행할 수도 있다.

하지만 TG엔터테인먼트는 좀 더 멀리 내다봤다.

대중들이 인식하고, 기억하고 있는 국보소녀 지아의 이미지를 굳이 무리해서 후속곡 활동까지 감행해 소비시킬 이유는 없다고 여겼다.

'박정수 그 자식, 억울해서 땅 좀 치겠는데?'

그간 박정수는 언론 매체를 통해서 지아의 후속곡 프로듀싱을 맡았다는 사실을 공공연하게 자랑처럼 늘어놓고 다녔다.

특히 후속곡 '미쳤어'에 그가 들인 공은 보통이 아니다.

지아의 말을 빌리자면 유작이 아닐까 의심스러울 정도로 열성을 다했다고 한다. 프로듀서로서 본인의 역량을 과시하고 싶은 마음에서다.

그러나 이젠 물 건너갔다.

활동을 하지 않는다면, 지아의 후속곡은 앨범에 실린 3번 트랙에 지나지 않는다. 대중들에게도 금세 잊히게 마련이다.

"난리 안 쳐요?"

—왜 안 쳐요. 벌써 난리 났지. 이런 경우가 어디 있냐고 거품 물고 장난 아니었어요.

수는 피식 웃었다. 생각할수록 웃음이 나서 참을 수가 없었다.

'내가 피처링만이 아니라 작사까지 한 걸 알면 얼마나 더 분에 받치려나?'

그 남자 그 여자 사정이 인기를 끄는 원동력에는 수의 미친 가창력과 대치동 살쾡이의 가슴 저미는 가사가 있었다.

수와 대치동 살쾡이가 동일 인물인 걸 감안하면 박정수의 행보에 태클을 건 건 수인 셈이다.

'내가 그랬잖아? 똥은 사뿐히 지르밟고 가신다고.'

수는 간단히 안부를 묻는 걸로 통화를 끊었다. 재차 손목시계로 시간을 확인하며 말했다.

"자! 형, 할 말 없으시면 저 진짜 가볼게요. 목동 들러서 은 은 씨 태우고 커팅식 가려면 시간이 촉박해요."

오늘은 스카이블루 사무실 이전 겸 확장이 있는 날이다.

그간 숨죽이며 때를 기다리던 스카이블루의 실체가 세상에 드러나는 날이기도 하다.

수는 스카이블루에서 계약한 국내 1호 연예인이자 메인 얼굴인 만큼 늦지 않게 도착해야만 했다.

"그래? 그럼 같이 가면 되겠네."

이상민이 기다렸다는 듯이 일어섰다.

수가 눈을 깜빡였다.

"형도요?"

"왜 인마, 나는 가면 안 되냐?"

"그건 아닌데……."

수는 잠시 망설였지만 함께 간다고 해서 크게 문제가 될 건 없을 것 같았다.

"쯧! 너 진짜 나한테 너무 무관심한 거 아니냐?"

"남자한테 관심 두면 게이예요."

참다못한 이상민이 주먹을 꽉 쥐며 위협하는 시늉을 했다.

"이걸 확! 녹음실을 봐라, 싹 다 짐 싸서 정리한 거 안 보여?"

"어, 그르네? 형, 어디 가요?"

수가 눈을 깜빡였다.

녹음실 구석에 차곡차곡 쌓여 있는 박스를 보면 이사를 가는 게 아닌지 의심스럽다.

"오늘부터 너랑 한 식구거든?"

"저랑 식구요?"

잠시 말뜻을 헤아리던 수가 손가락을 탁 튕겼다.

"어? 형, 우리 기획사랑 계약했어요?"

"앞으로 알아 모셔라."

"……."

어느 틈에 숨겨진 디렉터 겸 프로듀서인 이상민까지 섭외한 것일까?

스카이블루, 알면 알수록 무서운 기획사다.

2

신사동 가로수길 인근의 스카이블루 사옥.

올해의 건축 디자인상을 수상한 경력이 있는 유려한 건축물이다. 스카이블루가 시가 150억을 주고 매입하여 외관이 손상되지 않는 범위 내에서 최고의 장비와 구조, 시스템을 구축했다.

참 많은 인사가 커팅식에 참여했다.

그중 가장 눈에 띄는 건 새롭게 격상된 한국지부의 대표를 맡게 될 장위안 실장이다.

아시아 지부의 전반적인 업무를 담당하던 한국에 뿌리를 내리고 한류의 열풍에 서게 될 한국지부를 이끌어 나갈 책임을 부여받았다.

박성인 지점장도 승진했다.

직책은 실장.

지점장이란 타이틀보다 낮아 보이는 실장이란 직함을 얻게 됐지만, 실질적인 승진이다. 차후 국내의 전반적인 모든 업무는 그의 손을 거쳐야만 가능한 요직을 꿰차게 되었다.

그 외에도 많은 인사가 참여했다.

스카이블루 본사에서 나온 고위 간부들과 이름만 대면 알 법한 기획사의 대표이사도 꽤 있었으며, 방송국 PD나 국장급 인사들도 꽤 포진되어 있었다.

그중에서도 가장 눈길을 끈 건 커팅식 직전에 도착한 여인이다.

최고급 외제차에서 내린 그녀는 가방, 신발, 액세서리까지 가치를 품평할 수 없는 명품을 걸치고 있었다. 그러나 머리부터 발끝까지 억 소리가 날 만한 고가의 명품도 선글라스를 벗는 그녀의 차가운 미모에 빛이 바래고 만다.

"죄송해요, 무슨 말을 해도 변명 같을 테니 따로 사과드리겠습니다."

거침없는 사과를 하며 곧장 가위를 받아 테이프 옆으로 다가와 서는 그녀와 수의 눈이 정면으로 마주쳤다.

꽤 긴 시간 마주 대하지 못했지만 우아하면서도 품격이 느껴지는 자태와 미모는 생생하게 기억에 남아 있었다.

"무, 문 대표님?"

일명 청담마녀라 불리던 문채원 대표가 이 자리에 나타났다.

"……!"

수와 마주친 문채원 대표의 눈이 살짝 커졌다.

놀라운 기색은 있었으나 수만큼 실색하진 않은 듯 가볍게 목례로 인사를 건넸다.

'여기서 다시 볼 줄이야.'

정말이지 꿈에도 몰랐다.

문득 지난 일이 스쳐 지나갔다.

음악 활동 전면 정지 기간 동안 동생 준의 사채 빚을 갚기 위해 바둑 과외교사로 활동한 적이 있다.

당시 엘리베이터에 갇혔다 수에게 도움을 받은 문채원 대표가 몰래 주변의 사모님들에게 수를 소개해 도움을 준 적이 있었다.

'내가 다 거절했지.'

그 무렵 수는 그게 죽기보다 싫었다.

빚이란 명분으로 도움을 주는 문채원 대표의 선의를 동정으로 인식한 것이다.

'연락이 끊긴 것도 그때 즈음이고.'

그땐 어째서 그녀의 동정 어린 도움이 그토록 싫었던 것일까.

"그러면 자를까요?"

장위안 대표, 박성인 실장, 수, 그리고 문채원 대표까지 일렬로 서 가위를 들었다.

삭둑!

테이프가 잘림과 동시에 카메라의 셔터가 눌린다. 사진으로 오늘을 남기고자 함이다.

"모르는 게 많습니다. 많이들 도와주시면 감사하겠습니다. 하하."

서로 악수를 주고받으며 형식적인 덕담을 나눈다.

수도 그 대열에 합류했다.

중국에서는 톱 기획사인 스카이블루지만 국내의 인지도를 따지면 현저히 낮다. 그만큼 얼굴마담 겸 창업 공신이나 다름없는 수의 역할이 매우 중요하다.

"수 씨가 많이 좀 도와주세요. 제가 자문을 구할 일이 많을 겁니다."

"도울 수 있는 일이라면 얼마든지요."

흔쾌히 응하면서도 수의 신경은 문채원 대표에게 쏠려 있었다.

'어쩌면 난 문 대표님을 좋아했던 게 아닐까?'

당시에는 그 감정에 대해서 잘 알지 못했다.

그냥 동정 어린 그녀의 도움이 싫었다. 속된 말로 비참했다.

근데 시간이 지나 다시 보고 나니 그 연유를 조금은 알 것 같았다.

남자로 보이고 싶은 바람.

잘 보이고 싶은 마음.

그러한 감정들의 실체는 아무래도 그녀를 향한 흠모가 아니었을까?

시간이 흘러 그때의 감정들이 희석되니 조금은 객관적으로 받아들일 수가 있었다.

"이렇게 뵐 줄은 몰랐는데…… 잘 지내셨어요?"

눈이 마주치자 수가 용기를 내서 먼저 말을 걸었다.

문채원 대표가 입꼬리를 올리며 웃었다. 그 당시 수를 설레게 했던 우아한 미소다.

"늘 그렇죠. 수 씨 안부는 종종 들어요. 따로 알아보지 않더라도 뉴스나 신문에 실리다 보니 안 보려야 안 볼 수가 없더라고요."

"본의 아니게 피해를 끼친 건가요?"

수가 멋쩍게 머리를 긁적였다.

잠시 눈동자를 굴리며 머뭇거리다 용기를 냈다.

"그때는 죄송했어요. 호의를 호의로 받을 줄도 몰랐습니다."

"다 지난 일이에요. 그보다 성공해서 보기 좋네요."

문채원 대표는 아무렇지 않다는 듯 웃었다.

사람의 마음을 편안하게 만드는 미소다. 그녀의 위치쯤이면 사람을 내려다볼 법도 한데 전혀 그런 시선이 느껴지지 않는다.

길게 대화를 나누는 수와 문채원 대표를 발견한 장위안 대표가 물었다.

　"두 분 아시는 사이? 꽤 친해 보이시는데요?"

　"친하기보단 채무 관계 쪽이죠. 제가 빚을 졌거든요."

　"빚? 천하의 문 대표님이 빚을 지셨다고요?"

　수가 그게 무슨 소리냐는 듯 부정했다.

　"빚이라뇨. 다 지난 일이에요. 갚으신 지 오래고요. 그저 작은 인연이 있었습니다."

　"전 갚은 기억이 없는데?"

　"……!"

　"채무는 혼자 청산하는 게 아니랍니다. 그간 쌓인 이자도 적진 않으니까, 차후에 갚는 걸로 할게요."

　"두 사람 진짜 채무 관계로 얽힌 사이 맞아요? 어째 좀 수상한데……."

　장위안 대표는 뭔가 있다는 듯 눈초리를 좁혔다. 딱 집어낼 순 없지만 미묘한 분위기를 읽어낸 것이다.

　그 뒤 문채원 대표는 중요한 미팅이 있다며 곧장 떠났다.

　수는 더 나누고 싶은 얘기가 많았으나 또 기회가 있을 거라 생각하며 아쉬움을 달랬다.

　수는 스카이블루 사옥의 대표실로 자리를 옮겨 장위안 대표와 못 나눈 대화를 이어갔다.

　"실은 이 건물 문 대표님 거였어요."

일전에 들은 적이 있다. 가로수길 인근 거리의 건물 대부분의 소유주가 문채원 대표라는 것이다.

그땐 과장이 심하다며 반신반의했는데, 그게 진짜였나 보다.

"건물을 알아보는데 어디든 워낙 가격을 높게 불러 매입이 쉽지가 않아 골머리를 좀 썩였습니다. 그때 문 대표께서 연락을 주시더라고요. 이 건물 어떠냐고."

"먼저요?"

"네, 또 건너편 녹음실하고 연습실이 있는 건물도 적정 가격에 임대까지 주신다고 했습니다. 거부하기 어려운 파격적인 제의였죠. 아! 물론 공짜는 아닙니다. 조건이 붙었으니까요."

"조건?"

장위안 대표가 씨익 웃었다.

"사외이사 직책을 요구했습니다. 그 외에도 몇 가지 더 있지만 알려 드릴 수가 없네요. 죄송합니다."

수가 모르는 복잡한 계약 관계가 얽혀 있을 거라 짐작만 할 뿐이다.

'사외이사면 자주 마주칠지도 모르겠는데?'

다음에 본다면 지금보다 조금 더 편하게 이야기를 나누고 싶었다.

장위안 대표가 양복 옷매무새를 가다듬더니 정중하게 인

사했다.

"그보다 흔쾌히 K팝스타들 심사위원직 수락해 주신 거 정말 감사드립니다."

참 많은 고민 끝내 내린 결정이다.

스스로 자격과 자질이 부족하다고 느껴서 망설였지만, 회사 차원의 일이기도 하고 수 자신이 바닥부터 올라온 경험을 살려 재능 있는 친구들을 발견해 최대한 서포트해 주고 싶었다.

"저에게도 거절하기 힘든 기회니까요. 그보다 부탁드렸던 미팅은?"

"아! 이따 세 시에 준비해 뒀습니다. 기획, 트레이너, 프로듀서, 디렉터, 안무가, 작곡가 등 신상 정보랑 커리큘럼까지 지참해서 빠짐없이 참여하라고 했습니다."

"그거면 됐습니다."

심사위원으로 참가하기로 결정을 내린 이상 수는 어영부영하는 건 바라지 않았다.

'내 선택에 한 사람의 인생이 바뀌어.'

오디션 프로그램 참가자들의 절실한 간절함이 아직도 생생하다.

심사위원이 된 수의 한마디에 참가자들의 인생이 바뀔 것이다. 그들의 인생의 무게를 짊어져야 할 수의 마음도 결코 가볍지 않다.

'실수는 할 수 있어. 하지만 그것이 반복되지 않기 위해서라도 난 노력해야 해.'

결심이 서고 나니 자질 논란, 경력 부족 같은 수식어들은 잊은 지 오래다.

자체 미팅도 그런 이유로 주문했다.

사옥에 근무하는 스태프들의 스타일, 능력, 성격 등을 정확하게 파악하여 차후 선발될 미래의 K팝스타들에게 좀 더 나은 트레이닝을 받도록 해주고 싶었다.

장위안 대표가 차분하게 입을 뗐다.

"그래서 말입니다, 수 씨."

"네."

"수 씨는 막 비상하는 저희 한국지부의 얼굴이나 다름없습니다. K팝스타들도 스카이블루를 대표해서 출연하는 셈이고요. 아마 시청자들은 스카이블루 하면 수 씨를 자연스럽게 먼저 떠올리게 될 겁니다."

사람의 머릿속에 존재하는 이미지는 한순간에 각인되곤 한다.

K팝스타들의 심사위원으로 출연하는 수의 모든 발언은 곧 스카이블루의 입장이기도 하다.

그러다 보면 자연스럽게 수의 음악, 코멘트, 성향, 이미지에 따라서 스카이블루의 이미지가 대중들의 머릿속에 기억될 것이다.

장위안 대표가 소파에서 일어나더니 집무 책상 아래에서
뭔가를 꺼냈다.

"그런 수 씨를 위하여 따로 준비한 게 있습니다."

쿵!

무게가 느껴지는 그것은 명패였다. 힘이 느껴지는 필체엔
직함과 이름이 쓰여 있었다.

이사 이수

영문을 모르는 수에게 장위안 대표가 명패에 손을 얹고 말
을 이었다.

"회사를 대표하는 사람에겐 그에 걸맞은 직함이 필요한 법
입니다."

"……!"

수는 멍하니 앞에 놓인 명패를 내려다보았다.

3

반디 출판사.

한때 베스트셀러를 여러 차례 출판을 했던 명맥 있는 출판
사였다.

하지만 출판시장 불황과 연이은 흥행 실패로 인해 합정 인

근의 지하로 이사한 뒤로는 도무지 기를 펴지 못하고 있었다.

스무 명이 넘던 직원은 모두 그만둔 지 오래고, 끽해야 경력 일 년 차인 여직원이 교정, 교열, 심지어 제작까지 도맡을 만큼 열악했다.

"……이래 가지고서야 월급이나 제때 받으려나?"

여직원 혜수의 얼굴엔 수심이 가득했다.

월급은 제때 받고 있긴 하지만 일거리가 없어도 너무 없다.

최근 계약한 작가마저 계약을 파기하게 되면서 계약 작가가 전무한 사태에 이르렀다.

"일이 편해서 좋긴 한데, 이래선 영."

혜수는 출판사 이메일에 로그인을 했다.

딸그닥, 딱딱!

턱을 괴곤 무미건조하게 마우스 커서를 내리며 클릭한다.

늘 쏟아지던 스팸메일이다. 어쩌면 제목부터 스팸메일 티가 팍팍 나는지, 누를 가치도 없어 바로바로 선택하고 삭제 버튼을 누른다.

"어? 투고가 들어왔네?"

정말 간만에 혜수의 눈이 반짝반짝 빛났다.

과거에 워낙 화려한 대작들을 출간했던지라, 그때의 영광을 잊지 못하고 종종 투고가 들어오기도 한다. 그래 봐야 거의 신인이고, 글도 형편없는 경우가 많아 실망스럽지만.

"보자, 제목이 못다 핀 꽃 한 송이? 뭐니, 70년대도 아니고,

촌스럽다."

김이 픽 새면서 기대감이 뚝 떨어진다.

시대가 어느 때인데 이런 고리타분한 제목을 쓴단 말인가?

보지 않아도 글 내용이 짐작이 간다. 케케묵은 구시대적 얘기에, 재미라곤 눈곱만치도 찾아볼 수 없고 자기 사상만 주구장창 떠들겠지.

"어? 뭐야, 에세이네?"

에세이(Essay).

개인의 상념을 자유롭게 표현하는 양식을 뜻하는데, 넓게 보면 수필에 가깝다. 일기, 편지, 감상문 등도 이 부류에 포함된다.

최근 들어서는 자유롭게 생각을 표현하는 에세이가 서점가에서 각광을 받는다. 쉬우면서도 가까운 이야기가 독자로 하여금 공감을 불러일으키기 때문이다.

찬찬히 글을 읽어 내려가던 해수가 눈가에 이채를 띠었다.

"괜찮은데?"

점차 마우스 커서를 내리는 속도가 빨라진다. 눈을 떼려야 뗄 수 없는 몰입을 자랑한다.

내용은 심플하다.

시한부에 걸린 한 여자와 그 여자가 사랑했던 남자의 시점에서 쓰인 이야기다.

이 흔해 빠지고 재미없는 이야기에 서서히 빨려 들어간다.

눈 깜짝할 사이에 절반 가까이 읽어버린 혜수가 뭔가에 홀린 듯 사장에게 전화를 걸었다.

"저, 사장님. 지금 투고가 왔는데요. 글쎄……."

혜수가 침을 꼴깍 삼켰다.

"……호박이 넝쿨째 굴러 들어왔어요."

Chapter 10

1

목동 인근의 모 카페.

인적이 드문 골목에 위치한 이 작은 카페의 구석진 자리에 남녀 한 쌍이 앉아 있었다.

희끗희끗한 앞머리에 주름이 잡힌 남자는 반디출판사의 신현호 사장이다. 나란히 앉아 있는 젊은 여성은 유일한 직원 혜수다.

"꼭 이렇게까지 해야 하니? 투고한 걸 보면 신인이잖아. 굳이 나까지 오지 않더라도 충분히 사인을 받을 수 있을 것 같은데."

한때 도서출판업계에 신현호 사장의 영향력은 대단했다.

과거 베스트셀러 작품을 줄줄이 터뜨리면서 서점, 총판에서도 눈치를 살폈었다. 비록 망했다곤 하나 그때의 자존심은 남아 있었다.

"……안 해주면요? 월급은 사장님 적금 깨서 주시게요?"

"말이 좀 세다?"

"그러니까 말 좀 들어요, 아빠!"

혜수는 신현호 사장이 금지옥엽 키운 딸이다.

국문학과를 졸업하고 기울어진 사업을 돕고자 취직을 자처했다.

딸의 한 소리에 신현호 사장은 커피를 입가로 가져가며 모르는 척 굴었다. 아빠에게 있어 세상에서 가장 상대하기 어려운 상대는 딸이다.

"투고를 했다는 건, 다른 출판사에도 원고가 갔다는 거예요. 저희보다 검토를 빨리 한 곳도 있을 거고, 이 정도 글이라면…… 무조건 계약 얘기가 나왔을 게 뻔해요."

"일리가 있긴 한데, 우리랑 만나기로 한 걸 보면 연락이 안 온 게 아닐까?"

"그거야 모르는 거죠."

모른다고 말을 하곤 있지만 혜수도 내심 그러지 않을까 기대했다.

'다른 데랑 계약하기로 했으면 우릴 만날 이유가 없잖아?'

잘됐으면 좋겠다. 기왕이면 꼭 계약서에 사인을 받고 싶었다.

'두 번, 세 번 읽어봐도 좋은 원고야. 이건 팔려!'

젊은 감각을 유지하고 있는 혜수는 확신했다.

시한부 인생이라는 고리타분하고 무거운 소재를 에세이의 강점을 살려 읽기 쉽게 잘 썼다. 남녀의 전하지 못한 감정이 교차하게 써 내려간 점도 높게 쳐줄 만하다.

땡!

종이 울리는 소리에 카페의 문이 열린다.

한겨울의 찬바람을 동무 삼아 한 남자가 걸어 들어왔다.

푹 눌러쓴 모자에 두툼한 점퍼를 걸치고 입고 있었다. 슬림한 스타일을 선호하는 최근 젊은 사람들의 감각과는 거리가 멀어보였다.

'와! 패션테러리스트. 돈을 주고 저렇게 사 입으라고 해도 못 사 입겠다.'

작가들 옷 입는 스타일이야 익숙해질 법도 했건만, 이 남자는 그중 최고다.

'그보다 꽤 어려 보이네?'

에세이를 주로 쓰는 층이 삼십 대인 만큼 어릴 거라 예상은 했지만 생각 이상이다. 푹 눌러쓴 모자 아래로 슬쩍 보이는 피부만 보더라도 이십 대라는 걸 어렵지 않게 짐작할 수가 있다.

"이준 작가님이시죠? 이쪽으로 앉으세요."

혜수가 깍듯하게 인사하며 앞자리를 권했다.

이준은 살짝 고개를 들어 상대를 확인하곤 의자에 앉았다.

"처음 뵙습니다. 전 반디출판사 사장 신현호라고 합니다. 이쪽은 전반적인 업무를 담당하고 있는 신혜수 실장."

"안녕하세요, 신혜수입니다."

"이준입니다."

짧고 간단명료한 소개다. 짐작건대 매우 무뚝뚝한 성격일 것이다.

"커피라도 한 잔 시킬까요? 작가님, 드시고 싶으신 건?"

"괜찮습니다."

"추우신데 이렇게 만남에 응해주셔서 감사해요. 저 혼자 오려고 했는데, 작가님 글을 보시고 저희 사장님께서도 꼭 같이 뵀으면 한다고 해서요."

말이 끝나자마자 혜수가 팔꿈치로 신현호 사장을 꾹 찔렀다.

"정말 잘 봤습니다. 신 실장이 입에 침이 마르도록 칭찬을 했는데, 그럴 만한 글이었습니다."

"……."

"혹시 계약을 하지 않으셨다면, 저희 쪽이랑 계약을 하심이 어떠신지? 저희 출판사의 노하우와 영업망이라면 작가님께서도 만족하실 만한 판매를……."

이준이 말을 딱 끊었다.

"계약 얘기는 차후에. 글에 대한 얘기를 먼저 나누는 게 순서가 아닌가요?"

"앗! 죄송해요, 작가님. 저희 사장님께서 너무 작가님과 함께 작업을 하고 싶으셔서 마음이 급했나 봐요."

재빨리 혜수가 끼어들어 무마했다. 섣불리 계약 얘기를 꺼낸 것에 대해 신현호 사장에게 원망의 눈초리를 보내며 말을 이었다.

"작가님의 글을 읽고 든 감정은 딱 세 개였어요. 짠하다, 아프다, 행복하다."

"행복하다?"

다소 의외의 말에 이준이 반문했다.

그가 쓴 에세이는 시한부 죽음을 맞이하는 여자와 그 여자가 마음에 둔 남자의 사연을 담은 이야기다. 행복과는 거리가 먼 내용이다.

"꼭 이야기가 짠하고, 아프다고 해서 다 그런 건 아니에요. 이 에세이를 끝까지 읽고 난 뒤에 제 가슴에 남은 감정은 행복이었어요."

"……."

"살아 있기에 행복하고, 절 바라봐 주는 사람이 있기에 행복하고, 절 기억해 주는 사람이 있기에 행복하단 걸 깨닫게 해줬어요."

이준은 아무런 대꾸가 없다. 글에 대한 피드백을 줬으면 어떠한 식으로든 리액션이 있을 텐데, 어째서인지 반응이 없다.

"또."

성이 차지 않아 보였다.

"어휘가 다양하고 표현이 센티했어요. 가독성이 높다고 할까? 전 연령대가 쉽게 접근할 수가 있는 장단점이 있어요."

"또."

"……무겁고 어려운 얘길 쉽게 푸셨어요. 이건 에세이에서 굉장히 중요한 덕목이거든요."

"또."

"그리고……."

혜수는 사전에 머릿속에 정리해 둔 감상을 쏟아냈다.

이준은 그저 묵묵히 듣고 있다가 고개를 끄덕이기만 했다.

'말은 나 혼자 하냐?'

쉬지 않고 떠들어대던 혜수의 말이 점점 작아진다. 준비해 온 말들이 거의 고갈된 것이다.

"다 하신 겁니까?"

"네? 더 많았던 것 같은데, 지금 생각나는 건 이 정도네요."

혜수가 둘러대며 식은땀을 흘렸다.

눈치로 짐작건대 이준의 성에 차지 않은 듯한 인상을 강하게 받아서다.

'전략을 바꿔야겠어.'

은근 슬쩍 가방에서 계약서를 꺼내 내밀었다.

"조건도 부족하지 않게 드릴게요. 초판 3천 부면 결코 적지 않은 부수일 거예요."

"······.

물끄러미 계약서를 내려다보던 이준이 조용히 의자에서 일어났다.

"얘기 감사합니다. 계약은 생각해 보고 연락드리겠습니다."

"자, 작가님, 잠시만요!"

혜수는 다급하게 말렸으나 소용이 없었다.

몸을 돌린 이준이 뒤도 돌아보지 않고 카페를 나서려고 할 때였다.

"글에 거짓말이 없더군요."

이준이 스윽 고개를 돌렸다.

지금까지 입을 다물고 있던 신현호 사장이 차분하게 말했다.

"요새 작가들 글을 보면 다 멋이 배어 있죠. 본인들은 담백하게 쓴다고 하지만, 드라마나 영화, 어디서 들은 얘기나 감정들을 마치 제 것인 마냥 막 씁니다."

"······."

"이 작가님 글엔 그런 게 없었습니다. 실례되는 말이지만, 혼자 쓰신 글이 아니죠?"

"아빠!"

반사적으로 사장님이 아닌, 아빠란 말을 뱉은 혜수의 표정
이 일그러졌다.

공저를 의심한다는 건 여하에 따라서 작가에게 매우 기분
이 상할 수 있는 일인 까닭이다.

"왜 그런 걸 묻죠?"

"……다르니까요. 여자의 시점으로 쓴 일기는 진짜 죽음을
안 사람의 글이었어요."

"……."

"저희 출판사와 계약을 하지 않으셔도 괜찮습니다. 좋은
작품이니까, 어느 곳에서 내더라도 좋은 결과가 있을 겁니다.
건투를 빌겠습니다."

신현호 사장은 깍듯하게 머리를 숙이며 인사를 고했다.

비록 계약서에 사인을 받아내진 못했지만 좁은 출판시장
에서 언제 다시 함께 일을 하게 될지는 모르는 일인 까닭이
다.

이준 역시 고개를 까딱거리며 인사를 하곤 카페를 나섰다.

"이대로 보내면 어떻게 해요!"

혜수가 뾰족하게 목소리를 높였다.

"그럼 어쩌니? 간다는데, 다리라도 붙잡고 제발 내달라게
해달라고 애원하랴?"

"액수를 더 불렀어야죠!"

"됐다."

"아빠! 이러다 우리 망한다고요."

혜수는 답답해서 미칠 것만 같았다. 호박이 넝쿨째 굴러 들어왔는데, 신현호 사장은 별 의욕도 없이 외면하는 것 같아 답답했다.

끽!

바로 그때였다.

카페를 나섰던 이준이 다시 돌아오더니 부녀의 앞에 앉았다.

"사인합시다."

"네?"

갑자기 태도를 바꾼 수를 보며 혜수가 눈을 깜빡였다.

"계약서 안 줍니까?"

"아, 드려야죠. 드리는데…… 갑자기 왜?"

계약서의 조항들을 빠짐없이 쭉 훑어보며 이준이 말했다.

"신 사장님이라고 하셨죠?"

"그렇소만."

"사장님이 유일하네요. 이 글을 보시고 그 친구를 떠올린 분은."

"……!"

이준의 목소리는 아주 담담하다. 아니, 자세히 들어보면 미묘하게 떨린다. 감정을 숨기고자 담담한 척 노력을 하는 중이다.

"그러면 진짜 공저를…… 아니, 이 글을 쓰신 여성분께선?"

"좋은 곳으로 갔습니다."

"그런……."

혜수는 진정 깜짝 놀랐다.

에세이라곤 하지만 그럴듯하게 꾸며 쓴 얘기라고 생각했다.

"반디출판사가 다섯 번째 미팅을 가진 출판삽니다. 앞서 계약 얘기가 오간 출판사 중에는 대웅도 있습니다."

"대, 대웅요?"

대웅은 국내 불지의 출판사다. 국내에 출간되는 베스트셀러의 절반은 대웅에서 출간된다는 말이 오갈 정도다.

"많은 계약금과 높은 초부를 조건으로 걸었습니다. 신인임에도 최고의 마케팅을 약속했습니다."

"그런데 왜 저희와?"

선뜻 이해가 가지 않는 대목이다. 대웅에서 책을 내는 것만으로도 어느 정도 성공을 보장한다. 그걸 포기하고 왜 영세한 반디출판사를 선택한 건지 혜수조차 이해가 가지 않았다.

"말했지 않나요? 신 사장님께서 유일하게 진서를 알아봐 주셨다고."

말을 듣는 순간 혜수는 이름에서 왠지 모를 익숙함을 느꼈다.

'잠깐만, 진서? 어디서 들어본 적이 있는 거 같은데?'

찬찬히 기억을 더듬었지만 쉬이 떠오르지 않는다.

그사이 두 부의 계약서 중 하나를 건네받은 신현호 사장이 작가의 이름이 틀린 걸 알곤 물었다.

"이수? 작가님 성함이 이준이라고 하시지 않았나요?"

"이준은 제 동생입니다."

잠시 혼자 생각에 빠져 있던 혜수의 머릿속에서 빛이 번쩍했다.

"뭐? 이수라고?"

이제야 떠올랐다. 대한민국을 눈물바다로 만들었던 게릴라 콘서트, 시한부 인생을 사는 여대생을 위해 그가 준비했던 마지막 콘서트.

'그러고 보니 글 내용도 그 얘기였잖아? 이 바보, 몇 번이고 읽어보고 그걸 왜 모른 건데?!'

의문이 한순간에 풀리며 남자를 바라보는 혜수의 눈길이 경악으로 물들어간다.

"정식으로 소개하겠습니다."

눈앞의 남자는 눈매조차 보이지 않을 만큼 푹 눌러쓰고 있던 모자를 벗었다.

"이수입니다."

"지, 진짜 이수 씨예요?"

끄덕.

"사칭 아니죠?"

끄덕.

"아!"

혜수는 눈으로 보고도 믿을 수가 없었다. 늘 브라운관을 통해서나 보던 연예인을 눈앞에서 보니 너무 낯설었다.

"굳이 두 번 소개할 필요는 없는 거 같은데요?"

조금은 매정해 보이는 말투였지만, 혜수의 귀에는 들어오지 않았다.

'지, 진짜야? 실제로 보니까 완전 샤프하게 생겼어.'

만약 저 말을 한 게 수가 아니라 일반적인 신인 작가였다면 어땠을까? 글 좀 쓴다고 기고만장한 싸가지라며 마음속으로 욕을 한 바가지 쏟아부었을 거다.

"신 실장, 누군데 그리 놀라?"

"……있어요. 가수예요. 그것도 한류스타. 또 뭐더라, 아! 바둑도 둔다고 했어요. 프로 바둑기사? 아마 우승도 했었죠. 맞죠? 그리고 지금은 작가로 저희 앞에 앉아계시네요."

신현호 사장의 미간에 주름이 갔다.

가수면 가수고 프로 바둑기사면 프로 바둑기사지 딸의 말만 들어서는 선뜻 납득이 되지 않았다. 어느 하나 쉬운 직업이 아닌 까닭이다.

"유명한 가수분이란 거지?"

"네. 그것도 꽤."

꽤라는 추상적인 형용사를 사용했지만, 딸의 반응으로 미루어 수가 꽤 인기 있는 가수라는 걸 인지했다.

"잠깐, 이수 씨라고 하셨죠?"

"네."

"실제 가수시면, 게릴라 콘서트 얘기도 다 사실이신 건가요?"

수는 끄덕임으로 대답을 대신했다.

혜수는 그걸 꼭 물어서 확인을 해야겠냐며 타박했다.

"게릴라 콘서트 요새 방송하는 거 몰라요? 저번에 같이 봤잖아요."

"그랬나? 기억이⋯⋯."

"다 진짜예요. '못다 핀 꽃 한 송이'는 여기 계신 이수 씨의 경험을 기반으로 쓴 거라고요!"

허구의 상상을 글로 푸는 것과 실제 있었던 일을 글로 쓰는 것의 차이는 크다. 아무리 잘 쓰더라도 그걸 처음 읽는 독자가 가장 먼저 알아차린다.

단순히 글을 잘 썼다고만 생각을 했었다. 이제야 미칠 듯한 몰입도와 공감, 그리고 아픔에 대해 이해가 되었다. 이 얘기는 팩트였던 것이다.

'⋯⋯경험을 기반으로 해도 정작 잘 풀어내지 못하면 무용지물인데.'

혜수는 스윽 수를 보았다.

감정을 쉬이 드러내지 않는 표정 너머로 어떤 생각을 하고 있는지 전혀 알 수가 없었다.

만약 수가 경험담을 잘 풀어내지 못했다면 지금 이 자리에 마주 앉아 있을 일도 없었을 것이다.

그런 의미에서 수는 글을 잘 썼다. 꽤가 아니라 놀라울 정도로.

'글재를 타고났어.'

안타깝지만 혜수에겐 그 재능이 없었다. 작가가 살아가며 보고, 느끼고, 생각하고, 깨달은 것 이상으로 중요한 게 자질이다.

그런 면에서 수가 한없이 부러웠다.

"이수 씨, 아니 작가님이라고 부를게요. 괜찮죠?"

"편하실 대로."

"진짜 궁금한 게 있는데, 왜 익명으로 투고하신 건지 여쭤봐도 될까요?"

"묻고 싶은 게 뭡니까?"

"별거 아닙니다. 이런 경우 보통 기획사를 통해서 출판사를 섭외하는 경우가 많거든요. 또 작가님 정도의 연예인이라면 글을 떠나서 출판사들이 계약을 하고 싶어서 안달이 났을 텐데 왜 투고를 하신 건지 이해가 가지 않아요."

출판은 수학이 아니다. 좋은 글이 판매로 직결되지 않는다. 홍보, 마케팅, 시기, 가격, 제작 등 많은 요소가 판매에 영향을 미친다.

그러나 그 모든 걸 상회하는 절대적인 게 하나가 있다.

작가의 이름값.

즉, 대중이 기억하는 인지도다.

베스트셀러를 출간한 전력이 있는 작가의 작품이나 이름만 대면 누구나 알 법한 연예인의 에세이, 자서전이 불황기인 출판시장에서도 꾸준히 판매가 되는 이유다.

'나라면 인세를 달라는 대로 주고 잡았을 거야. 일단 연예인이잖아? 거기다가 게릴라 콘서트 시청률 대박이랑 인터넷에서 난리가 났던 걸 감안하면 이 글은 망하기가 더 어려워.'

심지어 이제까지 출판된 모든 연예인 에세이를 훑어봐도 손에 꼽힐 정도로 글을 잘 썼다. 대부분의 연예인이 대필 작가를 고용해 쓰는 걸 감안한다면 이건 놀라운 솜씨다. 연예인 프리미엄까지 감안하면 출판과 동시에 떼돈을 벌고도 남는다.

"왜 투고를 했는지 궁금하다는 거군요."

"네. 실례되는 질문인가요?"

"아뇨. 거창한 이유 같은 거 없습니다. 그저 가수 이수가 아니라, 순수하게 글로 평가받고 싶었을 뿐입니다. 그게 다입니다."

'……달리 말하면 그만큼 글에 자신이 있단 뜻이잖아?'

대화는 거기서 일단락이 되었다.

혜수는 차후 글에 대한 수정 사항이나 출간 일정 등을 의논하기 위해 전화번호를 받아서 저장했다.

"일이 있어서 먼저 일어나겠습니다."

계약을 마무리 지은 수가 먼저 카페를 나섰다.

한바탕 폭풍이 휘몰아친 듯 신현호 사장은 멍했다. 그는 사장에서 아버지로 돌아와 있었다.

"살다 보니 우리 출판사에서 연예인 책도 다 내보네. 안 그러냐?"

"……떴다!"

휴대전화를 만지작거리던 혜수가 해맑게 웃으며 폴짝폴짝 뛰었다.

"뭔데 그러냐?"

"프로필 사진이요! 모바일 메신저인데, 여기 친구 추가 버튼을 누르면…… 꺄! 나 연예인이랑 친구 먹었어. 이게 웬일이야. 애들한테 자랑해야지!"

"……."

이 순간 혜수에게 계약을 성사시켰다는 즐거움보다 더 큰 기쁨은 따로 있었다.

2

TG엔터테인먼트 사옥.

한 달에 하루, 오늘은 TG의 주요 간부들과 프로듀서들이 모두 한자리에 모이는 날이다.

대표 겸 프로듀서 양태석 대표도 참여할 만큼 오늘 회의는 중요하다. 이 회의를 거쳐 결정되는 사항들이 곧 주가와 직결하기 때문이다.

"다들 짐작했겠지만 올해 K팝스타들에도 우리 TG가 출연하기로 결정이 났어."

양태석 대표는 친구나 후배를 대하듯이 편안하게 말을 했다.

음악적 자질이 부족함에도 지금의 TG엔터테인먼트를 국내 불지의 기획사로 키울 수 있었던 것은 자신의 모자람을 다른 사람으로 채울 줄 앎에 있었다.

"또 대표님의 요리 심사평을 듣겠는데요?"

"올해도 괜찮은 애가 들어오려나? 저번 시즌에 들어온 현규 정도만 돼도 좋겠는데."

"현규 정도면 대박이지. 더 바랄 게 없겠다."

전 시즌 K팝스타들 우승자 현규는 오디션 프로그램의 모범적인 사례다.

어린 나이에도 불구하고 출중한 가창력을 겸비했다. 첫 싱글 앨범 음원을 발표하자마자 음원차트 1위에 올랐다. 데뷔와 동시에 분에 넘칠 만큼 큰 인기를 누린 것이다.

"그러면 뭐해? 걔 프로듀싱 대치동 살쾡이가 했잖아."

"곡도 대치동 살쾡이가 썼지?"

"선배도 참, 때가 어느 때인데 그런 구닥다리 같은 얘기를 해요? 누가 하든 결과만 좋으면 되지. 안 그러니, 형욱아?"

지목받은 강형욱 프로듀서가 고개를 끄덕였다.

"야! 이제 와서 하는 말이지만, 원격 녹음이 말이냐? 결과가 좋기에 망정이지. 그날도 넌 대치동 살쾡이 백업만 해줬다며?"

"네, 그랬습니다."

"뺄도 없어? 무슨 주방보조도 아니고. 까라는 대로 다 까냐?"

"······."

강형욱 프로듀서는 굳게 입을 다물었다.

굳이 변명을 해봐야 구차해 보일 뿐이다.

'형이 뭐라고 떠들든 전 많이 배웠다고요. 그거면 됩니다.'

원격임에도 불구하고 대치동 살쾡이의 프로듀싱은 대단했다.

그는 생각도 하지 못한 포인트를 짚어내고, 발성부터 표현, 감정의 세세한 면까지 하나도 빠짐없이 디테일하게 일러줬다.

프로듀싱만으로도 곡의 색깔과 수준이 얼마나 달라질 수 있는지를 여실 없이 체감했다.

그 일이 있은 후부터 강형욱 프로듀서는 자만심을 버렸다. 이제까지 발매한 음원의 성공도 잊었다. 부족한 걸 채우고자 함이다.

"자자, 그 얘긴 그만들 하고, 하던 얘기 마저 하자고. 올 시즌부터 K팝스타들에 참여하는 기획사 중 한 곳이 바뀌었어."

"멜론 엔터테인먼트인가요?"

"정답."

"재정이 안 좋단 소문은 들었는데, 사실이었나 보네요."

다들 동의한다는 듯 머리를 끄덕거렸다.

아니 땐 굴뚝에 연기 날 리가 없다. 작년부터 재정이 악화된 나머지 올 시즌 K팝스타들에서도 퇴출될지 모른다는 소문이 파다했다.

강형욱 프로듀서가 불쑥 말을 꺼냈다.

"잠깐만요, 대표님. 저번 시즌 이해인 양이 멜론 엔터테인먼트랑 계약하지 않았어요?"

"오! 용케 기억하네?"

"중간 미션에서 제가 프로듀싱을 했었거든요."

당시 고등학생이었던 이해인은 굉장히 개성이 강한 싱어송 라이터였다. 차후 몇 년이 지나면 굉장한 아티스트가 되지 않을까 기대를 했다. 멜론 엔터테인먼트와의 계약 소식을 접하고 어찌나 서운했던지.

"아쉽네요, 재능이 있던 친군데."

소속사가 재정난에 흔들리면 소속 가수들도 붕 뜨고 만다. 음원 발매도 어려워지고, 운이 없다면 계약 만료까지 음악 활동에도 제약이 걸린다.

"안 그래도 그 재능 있는 친구 우리가 데려올까 하는데, 어때?"

양태석 대표의 말에 대부분의 프로듀서가 찬성했다.

K팝스타들 출연 당시에도 음악적 재능에는 의심의 여지가 없었던 까닭이다.

"죄송한데, 전 반대입니다."

모든 이의 시선이 쏠렸다.

박정수다.

"어, 그래. 요새 잘나가는 우리 정수. 반대하는 이유가 뭐야?"

"너무 마이너합니다. 음색만 그런 게 아니라 음악도 그래요. 아티스트? 싱어 송 라이터? 허울은 좋지만 실속이 없습니다. 당장에만 보더라도 대표님이 입버릇처럼 말씀하시는 스타성도 없고요."

"그렇게 봤다 이거지?"

양태석 대표는 쉽게 결정을 내리지 않았다. 모든 의견을 취합하고 충분히 생각을 한 뒤에 결정을 내려도 늦지 않은 까닭이다.

"일리 있습니다. 저도 걔는 좀……."

"데려와서 만들기 애매해요. 이미 대중들에게 잊히기도 했고."

몇몇 프로듀서도 반대 의사를 보였다. 대부분 그와 친분이 깊은 선배들이다.

박정수가 속으로 히죽 웃었다.

'아티스트? 좋지. 근데 말이야, 대중이 원하는 건 안무와 혹이 머리에 남는 매력적인 딴따라라고.'

그에게 있어 대중음악은 그저 돈벌이 수단에 불과하다. 다양성이고 진짜 음악이고 개소리다. 흑자와 적자만 있을 뿐이다.

'가끔 보면 양 대표도 꽤 무르다니까.'

TG엔터테인먼트의 양태석 대표는 그의 목표다. 언제고 그를 젖히고 대한민국 최고의 기획사를 설립할 야망을 지니고 있다.

"그보다 대표님, 멜론 엔터테인먼트가 빠지면 어디가 들어오는 겁니까?"

"아! 다들 아는 곳이야. 스카이블루."

"헉!"

다들 깜짝 놀란 표정이 역력하다. 정말이지 생각 못한 기획사가 튀어나온 까닭이다.

"얼마 전에 사옥 매입했단 얘기는 들었는데…… 중국 자본이 대단하긴 하네요."

"정규 형도 그리 갔지. 제작기획 총괄이었나?"

"아마 맞을 겁니다."

송정규 프로듀서.

직전까지 TG엔터테인먼트의 주축을 이루던 핵심 멤버다. 작곡, 프로듀싱뿐만 아니라 종종 방송에도 출연할 정도로 다방면에 끼가 넘쳤다.

그런 그가 TG엔터테인먼트에서 받던 연봉의 두 배 이상을 받고 스카이블루로 이직했다.

"그러면 스카이블루 쪽 심사위원으로는 정규 형이 나오는 거예요?"

"잘하면 대표님하고 나란히 앉아 있는 모습을 볼 수도 있겠네?"

"어째 모양새가 영……."

얼마 전까지만 하더라도 직원이었던 송정규 프로듀서가 양태석 대표와 나란히 심사위원석에 앉는다는 건 꽤나 불편하다.

"아니. 정규 말고 다른 사람이 심사위원으로 나올 거야."

"그게 누구죠?"

"이수."

"……!"

이번에도 마찬가지로 놀랐다. 설마 했던 이름이 튀어나온 것이다.

그중에서도 가장 격양된 반응을 보인 것은 박정수다.

'그 자식이 심사위원을 한다고?'

심사위원은 곧 기획사를 대표하는 셈이다.

내심 수보다 앞서 간다고 자부하던 터였거늘, 뭔가 한참을 뒤진 것 같아 기분이 팍 상했다.

'제길!'

욱하는 감정을 주체하지 못한 박정수가 손에 쥐고 있던 펜을 부러뜨렸다.

으득 소리가 나며 펜이 부러졌지만 다행히 회의실 누구도 알아채지 못했다.

'레벨이 안 되는 자식을 심사위원으로 내세워? 중국 새끼들 돈지랄이나 할 줄 알지 근본이 없어, 근본이 없다고!'

대략적인 이유는 짐작이 가능하다. 스카이블루에 소속된 국내 연예인 중에선 가장 인지도가 높은 게 수다. 아마 그게 전면에 내세우는 이유일 것이다.

안다. 다 알지만, 이해가 간다고 해서 꼭 납득이 되는 건 아니다.

하물며 박정수는 자신이 수보다 우위에 있다는 자부심이 강했다. 수가 소속사의 힘을 등에 업고 앞서가는 것 같아 짜증이 치밀었다.

"그건 좀 아니지 않나요? 그쪽도 대표가 나오면 모를까, 이제 데뷔 이 년차인 가수를 내보내는 건 좀 아닌 거 같은데."

아니나 다를까 프로듀서 중 한 명이 의아함을 내비쳤다.

"솔직히 작년에 막 데뷔한 신인이 대표님하고 나란히 앉아 있기엔 좀……."

"옥석을 가르는 눈이야 봐야 알겠지만, 좀 그러네요. 네티즌도 말이 많을 거 같은데?"

"차라리 정규 형이 낫지 않나? 이거 분명히 자질 어쩌고 하면서 논란이 일 거 같은데."

비단 박정수만이 아니라 다른 프로듀서들의 생각도 비슷비슷했다.

각 기획사의 대표가 타이틀을 걸고 출연하는 오디션 프로그램이다. 그것만으로도 화제성과 시청률이 확보되었다고 봐도 무관하다.

그런 곳에 중국 자본으로 설립된 스카이블루가 출연을 확정 지었다.

그래, 그거야 그렇다 치자.

방송은 이윤과 직결된다. 중국 판권 판매와 시청률에 욕심이 나는 방송국 입장에서는 스카이블루의 출연은 환영할 일이다.

하지만 수가 걸린다.

대놓고 말하지는 않지만 다들 비슷한 생각들이다.

중국에서 한류스타로 대접을 받고, 국내에서도 미친 가창력으로 인정을 받지만 딱 거기까지다. 오디션 프로그램 출신이라는 이점도 무의미하다.

자질과 자격.

이 두 가지 측면을 놓고 봤을 때 심사위원이 될 만한 어떠한 요소도 충족하지 못했다.

"뭘 그리 안 좋게만 봐? 이수 그 친구, 나도 만나봤지만 사람 괜찮아. 음악적 소질도 뛰어나고. 전 시즌 K팝스타들 결승전에서 현규 거 한 거 봤잖아? 능력 있는 친구야."

비딱한 의견들과 달리 양태석 대표는 수를 높게 평가하고 인정했다.

요즘 세대답지 않은 진정성 있는 음악도 그러했고, 현규의 결승전 무대에서 트레이닝, 프로듀싱했던 결과도 좋았다.

그의 발언에 강형욱 프로듀서도 동조하고 나섰다.

"이수 씨라면 제가 같이 작업해 봐서 좀 압니다."

"그지. 형욱이가 같이 일했으니 더 잘 알겠네. 얘기해 봐."

"……가창력 자체만 놓고 보면 흠잡을 게 없습니다. 솔직히 말하면, 언론의 찬사에도 불구하고 평가절하당하고 있다고 느껴질 정도죠."

"암, 괜히 중국 나가수를 휩쓴 게 아닐 거야."

"근데 말입니다."

강형욱 프로듀서가 잠시 말을 딱 끊었다가 다시 이었다.

"심사위원으로서는 잘 모르겠습니다."

"왜?"

"대표님도 아시지 않습니까? 음악을 잘 안다고 해도 거기까지입니다. 어린 친구들의 자질을 알아보고, 키워줄 수 있는 건 또 다른 맥락이라는 거. 그건 별개의 능력입니다."

그의 의견을 뒷받침하는 살아 있는 증거가 바로 눈앞에 앉아 있는 양태석 대표다.

90년대를 풍미했던 유명 그룹 출신의 그는 전직 백댄서였다. 음악을 전공한 적도 없으며, 아티스트적인 자질도 타고나지 못했다.

하지만 양태석 대표는 이 가요계에서 살아남았다.

단순히 생존에 머무는 게 아니라, 가요계 최정상에 위치한 기획사의 대표가 되었다.

그건 스타를 볼 줄 아는 눈이 있기 때문에 가능한 일이었다.

말이나 이론으로 설명을 할 수 없는 그의 선구안이야말로 지금의 TG엔터테인먼트가 존재하고, 또 한류의 중심에 있게 만든 원동력이다.

'차라리 대치동 살쾡이 그 친구라면 어떨까?'

강형욱 프로듀서는 목소리를 떠올렸다. 얼굴조차 보지 못했기 때문일까. 제일 처음 떠오른 건 목소리고, 다음은 새까만 노트북이다.

'잘하지 않을까? 현규 프로듀싱 때만 해도 장단점을 정확하게 파악하고 있었어. 그룹 나라를 성공시킨 것만 해도 대중

을 읽는 눈도 뛰어나고.'

한번 만나본 적도, 사적으로 이야기를 나눈 적도 없다. 그럼에도 불구하고 대치동 살쾡이라면 누구보다 K팝스타들 심사위원직을 잘 수행해 낼 수 있을 거라고 믿었다.

어쨌거나 이미 결정된 사항, 하물며 타 회사인 TG엔터테인먼트에서 스카이블루의 일에 참견할 수는 없다. 다들 탐탁지 않아 했지만 그 이상 왈가왈부하지는 않았다. 추가 안건에 대한 의견 조율을 끝으로 회의는 끝이 났다.

개인 녹음실로 들어온 박정수가 문을 세게 닫았다.

쾅!

어지간히 분한지 눈에 실핏줄이 섰다.

"그딴 새끼가 무슨 자격으로 심사위원? 정규 형은 뭘 하는 거지?"

불똥은 엄한 곳으로 튀었다. 인지도나 경력, 결과물 등 모든 면에서 앞서면서도 자격도 안 되는 새빨간 후배가 심사위원에 나서는 것도 막지 못한 것에 대한 짜증이다.

"아냐. 따지고 보면 독이 든 성배지. 물어뜯기 좋아하는 네티즌들이 가만 안 있을걸?"

딱 연상이 되자 박정수가 히죽 웃었다.

꼭 패를 봐야 아는 건 아니다.

공식적으로 심사위원에 수가 확정됐다는 기사가 나가는 순간 네티즌들은 몇 날 며칠을 굶은 이리 떼처럼 달려들어 물어뜰 것이다.

수의 가창력?

수의 이미지?

수의 자질?

그딴 건 무의미하다.

네티즌들은 이유를 만들어서도 악플 달 궁리를 할 것이다. 오득오득 씹어서 단물이 쪽 빠질 때까지 트집을 잡아 욕할 게 뻔하다.

박정수는 주머니에서 휴대전화를 꺼냈다.

연락처 리스트를 뒤져 송정규 이름을 찾아서 모바일 대화를 보냈다.

형, K팝스타들 이수가 심사위원 한다면서요? 이건 아니지 않나? 스카이블루에 형이 없다면 모를까, 형이 있는데 좀 아니지 싶네요.

답장은 없다.

대부분의 프로듀서가 녹음 작업에 들어가면 휴대전화 전원을 꺼놓는 걸 알기에 그러려니 했다.

"욕심 많은 인간이니까, 살살 긁으면 지랄을 떨 거 같긴 한데."

박정수가 경험한 송정규는 속물적인 인간의 표본이다.

특히 TV프로그램 출연에 대한 욕심이 강하다. 기회만 났다

하면 예능에 출연을 하고 싶어서 안달을 할 정도랄까.

욕심이 많은 인간이니, 이간질만 해도 어떤 식으로든 수에게 악영향을 미치지 않을까 싶었다.

지이잉.

때마침 진동이 울렸다.

송정규 프로듀선가 싶어 얼른 휴대전화를 집었다. 예상과 달리 다른 사람에게 온 전화다.

"여보세요. 도착하셨어요?"

─네, 일 층이에요.

"바로 내려가겠습니다."

박정수는 통화를 끊기도 전에 녹음실을 나섰다. 버튼을 누르기가 무섭게 도착한 승강기를 타고 일 층으로 내려갔다.

"여기예요!"

박정수가 반갑게 손을 흔들며 아는 척을 했다.

저 멀리 일 층 로비에 서 있던 여자가 고개를 돌렸다. 미끈한 몸매가 도드라지는 원피스만큼이나 청순함이 묻어나는 미모다. 남자라면 말이라도 꼭 한번 붙여보고 싶을 만큼 아름답다.

빠른 걸음으로 박정수가 다가오자 여자가 가볍게 목례로 인사를 했다.

"잘 지내셨어요? 저 때문에 오래 기다리거나 하신 건 아니죠?"

"저도 막 방금 도착했어요."

"다행이네요. 다른 사람도 아니고 아름 씨 같은 여자를 기다리게 만들었다간 큰일 나죠. 올라갈까요?"

박정수의 입에서 아름이라는 이름이 튀어나왔다.

그래.

놀랍게 수의 전 여자친구인 아름이다.

수줍은 듯 긴 생머리를 귀 뒤로 넘기는 그녀에게서 예전의 모습 따위는 눈을 크게 뜨고 봐도 찾을 수가 없었다.

청순미의 화신.

첫사랑의 아이콘.

최근에 개봉한 영화 '첫사랑'에서 풋풋한 여대생을 연기하며 국민 첫사랑으로 이미지를 구축했다. 심지어 영화도 흥행하면서 아름은 단숨에 스타덤에 올랐다.

오늘만 하더라도 이른 아침부터 CF 촬영을 마친 그녀가 박정수를 만나기 위해 TG엔터테인먼트를 직접 방문했다.

두 사람은 승강기에 올라탔다.

"무슨 마법이라도 부리셨어요? 못 보던 새에 더 예뻐지셨네."

"아…… 실은 마사지 좀 받았어요."

"마사지?"

"카메라 마사지요."

박정수가 피식 웃었다.

"여배우는 인기를 얻을수록 예뻐진다는 게 진짠가 보네요. 어제랑 오늘이 또 다르니 원."

"아뇨. 인기론 안 돼요."

"그러면?

"여배우도 여자인걸요."

아름이 슬쩍 눈을 맞추더니 수줍은 듯 이내 피해 버렸다.

"여자는 사랑을 하면 예뻐지는 법이에요."

박정수는 자기도 모르게 그만 침을 꿀꺽 삼키고 말았다.

꼭 속살을 드러내고, 노골적으로 눈짓을 보낸다고 해서 섹시한 게 아니다. 저 의도하지 않은 눈빛, 수줍음, 부끄러움만으로도 남자들은 항거할 수 없는 끌림을 느낀다.

'하! 너무 깨끗해서 더럽히고 싶을 지경이야.'

오늘 아름을 녹음실까지 부른 이유도 그 때문이다. 음악을 좋아한다고 하기에 짐짓 모른 척하며 TG 사옥과 녹음실을 구경시켜 준다고 했다. 자연스럽게 호감을 얻고자 함이다.

녹음실로 딱 들어섰다.

"와, 실제로 와보니 생각 외로 좁네요?"

"넓으면 소리가 퍼지거든요. 또 너무 좁으면 울리고."

"아하. 저 부스 안에서 녹음하는 거예요? 와, 신기해. 저 어렸을 때 꿈이 가수였거든요."

아름이 눈을 초롱초롱하게 빛내며 수다쟁이가 되었다.

그 모습이 너무 귀여워 박정수는 저도 모르게 픽 웃고 말왔다.

"들어가서 불러볼래요?"

"그래도 돼요? 근데 저 노래 못 하는데……."

"걱정 마세요. 제가 아름 씨를 비욘세로 만드는 마법을 보여줄 테니."

아름은 수줍게 웃으면서 녹음실 부스 안으로 들어갔다.

낯선 기기들에 대해 자세한 설명을 듣는 아름의 모습은 너무나 천진난만하고 순수했다.

사랑스러운 그녀의 모습 너머로 수의 실루엣이 생겨났다. 박정수는 이미 과거에 수와 아름이 교제했던 사실을 알고 있었다.

'그 새끼가 감당하긴 과분한 여자잖아?'

수와 헤어지고 난 뒤 아름은 승승장구했다. 첫사랑의 아이콘으로 떠오르며 충무로에서 각광받는 스타가 되었다.

'내 옆에 있을 아름 씨를 보는 그 새끼 표정이 벌써 기대되는데?'

똥 씹은 얼굴을 하는 수를 떠올리는 것만으로도 박정수가 입가에 미소가 걸렸다. 이윽고 수의 실루엣이 사라지며 반주가 흘러나왔다.

"……."

아름의 시선은 부스 밖 박정수에게 향한다. 어색하고 경직된 모습은 전적으로 그에게 의지하고 있음이 느껴진다.

'아빠가 케이블 방송국 제이엠 사장이랬지?'

아름은 의도적으로 박정수에게 접근했다. 믿을 만한 정보 통을 통해서 얻은 정보다. 일개 프로듀서라면 눈길도 주지 않을 아름이 녹음실까지 찾아온 이유다.

'나도 보험 하나쯤은 들어야 하지 않겠어?'

아름은 누구보다 잘 안다.

여자의 무기는 미모다. 그 미모는 나이가 들수록 희석되고 망가진다. 텐프로로 일하며 언니들을 밀어내고 에이스로 올라갔던 그녀였기에 잘 안다.

박정수의 손짓 박자에 맞춰서 아름이 노래를 시작한다.

썩 잘하진 못하지만 두 사람의 눈길에는 서로를 향한 호감이 묻어난다.

'넌 날 빛나게 해줄 여자야.'

'남자가 돈이 없는 건 죄 아냐?'

어쩌면 생각하는 것보다 더 빨리 연인으로 발전할지도 모르겠다.

Chapter 11

1

한국기원은 오늘 뜻깊은 날을 맞이했다.

인천 아시안 게임에 출전할 국가대표 발족식을 갖기 때문
이다.

공정한 절차와 랭킹 포인트로 선출된 다섯 명의 국가대표
프로 바둑기사와 한국기원 추천으로 뽑힌 수까지 총 여섯 명
의 남성 대표가 선출이 됐다.

또 여성부에서도 네 명의 프로 바둑기사가 뽑히며 총 열 명
의 국가대표 진용을 완성했다.

"……부로 아시안 게임에서의 좋은 성적과 한국 바둑의 부
흥을 위해 많을 힘을 써줄 것을 부탁드리는 바이며, 이 자리

를 빛내주기 위해 참여해 주신 모든 분께 감사의 뜻을 전합니다."

한국기원의 총재 강민구 삼회일보 회장의 연설이 이어졌다.

대한민국을 대표하는 방송사이자 신문사의 대표인 그는 널리 알려진 바둑 애호가다. 한국기원 총재직을 맡은 이후 바둑의 보급과 대중화에 널리 애썼다.

"또 이 자리를 빌어서 여러분께 새로이 개편된 국가대표 팀의 코치진과 스태프를 소개하겠습니다. 감독 진인수 9단."

짝짝!

소개에 맞춰 프로 바둑기사와 참관인, 바둑 기자단의 박수가 쏟아졌다.

진인수 감독은 자리에서 일어나 꾸벅 인사를 했다.

"코치에 조치헌 9단, 기술위원에 원성진 4단을 각각 임명하는 바이며, 새롭게 마련한 전략분석관에 김성용 8단을 내정하는 바입니다."

호명에 차례대로 좌중을 향해 예의를 갖췄다.

그중엔 기술위원에 임명된 원성진 4단도 있었다.

꾸벅.

오늘따라 원성진 4단의 표정은 진중했다. 아마 가슴에 단 태극마크의 무게를 느껴서가 아닐까

"마지막으로 새롭게 신설된 국가대표 상비군을 소개해 드

릴까 합니다."

강민구 총재가 눈빛을 주자 서른 명 안팎의 상비군이 우르
르 일어나 뒤를 돌았다. 앳된 얼굴의 상비군은 대부분 학생으
로 짐작됐다.

"상비군은 21세 이하의 영재로 구성이 됩니다. 치열한 선발
전을 통해 발탁된 이 서른 명의 영재는 향후 국가대표 코치진
의 도움을 받아 매주 3회 6시간씩 멘토링 교육을 받게 됩니다."

상비군은 한국 바둑의 미래다. 현재 랭킹 점수는 낮으나 향
후 한국 바둑을 짊어질 영재들의 모임이라고 해도 과언이 아
니다.

진인수 감독은 이들이야말로 미래의 국가대표로 여겼다.

현재보단 미래를 내다봐야 한다. 당장의 성적을 내기 위한
실전 위주 대국에 치중하기보다는 국제 경쟁력을 높이기 위
한 육성에 포커스를 뒀다.

그리하여 채택한 시스템이 바로 선배들의 멘토링 프로그
램이다.

수 역시 따로 마련된 국가대표 지정석에 앉아 발족식에 참
여했다.

'상비군이라, 참 좋은 시스템이야. 나이가 어린 만큼 헤매
거나 흔들리기 쉬워. 그만큼 그걸 선배들이 도와주고 방향을
잡아주면 큰 도움이 될 거야.'

모르면 배우면 된다.

부족한 건 채우면 된다.

하지만 나아가야 할 길을 먼저 부딪치고, 헤맨 선배만큼 친절하고 쉽게 알려줄 수 있는 사람은 없다. 올바른 길을 제시할 수 있는 지침표가 되어준다.

발족식은 성대하고 성공적으로 치러졌다.

관계자와 바둑 기자단은 새롭게 개편 되어 출범한 국가대표 상비군이 한국 바둑을 이끌 거라며 입을 모아 기대했다.

행사가 모두 끝나고 난 뒤, 코치진과 국가대표, 상비군들 간의 시간이 마련되어 있었다.

아쉽지만 다른 관계자나 바둑 기자들은 자리를 피해줘야만 했다.

"어?"

기자단들 사이에 섞여 있던 김수진 기자를 발견한 수가 눈을 깜빡였다.

평소의 당돌한 이미지와 어울리지 않게 사랑이 가득한 눈길로 이따가 전화하라는 시늉을 하는 모습을 목격한 것이다.

수가 눈초리를 좁히며 반대편 쪽을 쳐다봤다.

아니다 다를까, 원성진 4단이 아쉬워 죽겠단 얼굴로 손으로 하트 모양을 만들었다. 행여 남들이 볼까 조심스럽고 빠르게 취한 제스처였지만 수는 그 순간을 놓치지 않았다.

"뭐야, 결국 둘이 그렇고 그렇게 된 거야?"

수는 어처구니가 없다는 듯 볼을 실룩거렸다.

소개팅을 해주고 난 뒤 양쪽에서 아무런 연락도 받지 못했다. 내심 잘되길 바랐지만 너무 조용한 까닭에 잘 안 됐다 싶어서 모르는 척 소개팅 결과를 물어보지 않았다.

그랬더니 사랑의 밀어를 주고받을 만큼 발전한 관계다 이거지?

괘씸하게 느껴졌다.

외부인들이 모두 나가자 드디어 국가대표 팀과 상비군만의 자유 시간을 갖게 되었다.

"선배, 저한테 할 말 없어요?"

수가 슬그머니 다가가 원성진 4단에 운을 띄웠다.

"뭘?"

"왜 이러실까. 할 말이 있을 텐데요."

"말을 해. 무슨 말이 듣고 싶은데?"

끝까지 시치메를 떼자 수가 쏘아붙였다.

"고맙단 말은 해야죠! 잘되더니 주선자는 눈에도 안 보여요?"

순간 원성진 4단의 얼굴에 당황한 기색이 어렸다. 하지만 그는 금세 평상시로 돌아오더니 뻔뻔하게 되물었다.

"너 어떻게 알았어?"

"좀 전에도 티 팍팍 내더만. 모르는 척하기가 더 어렵거든요?"

"그런 거냐?"

원성진 4단이 무안한 마음이 들었는지 뒷머리를 긁적였다.

"수야."

"앞에 있는데 뭘 그리 징그럽게 불러요."

"좋다."

"……."

"인생이 원래 이렇게 아름다운 거였냐?"

황홀해하는 그의 눈빛이 사랑에 빠졌다는 걸 말해주고 있다. 수도 피식 웃었다.

'좋다니, 나도 기분이 좋네.'

행복해하는 두 사람을 보니 사랑의 신 에로스가 된 기분마저 들었다.

"아냐? 나 아침에 눈 뜰 때마다 이 행복 깨질까 두렵다. 너는 이 기분 모를 거다."

"저 가르치세요?"

지금 누가 누굴 가르치려는 건지…… 나름 연애 고수인 수는 어이가 없었다.

그러거나 말거나 원성진 4단은 비장하게 떠들어댔다.

"너니까 하는 말인데. 나 말이다, 어제 결심했다."

"뭘 결심했는데요?"

"애 가지려고."

"뭐, 뭐라고요?"

너무 깜짝 놀란 나머지 수의 목소리가 올라갔다.

삼삼오오 모여 떠들던 프로 바둑기사와 코치, 상비군의 시선이 쏠린 건 당연했다.

"이게 놀랄 일이냐? 서로 좋으니까 자는 거 당연하고, 아기 갖고 싶은 거잖아? 이게 놀랄 일은 아니지 않냐?"

"……진도가 너무 빨라서 그러죠. 속도위반하려고요?"

"속도야 이미 위반했고."

얌전한 고양이가 먼저 부뚜막에 앉는다고 했던가.

딱 그 꼴이었다.

원성진 4단은 우수에 젖은 눈길로 훈계했다.

"속도 운운하는 걸 보니 너 아직 어리구나? 형이 인생 선배로서 충고하는데 사랑에 속도는 중요하지 않아."

"……"

갈수록 가관이다. 원성진 4단의 연애학개론을 듣고 있자니 표정 관리조차 잘되지 않는다.

"수진 기자님도 동의하신 거예요?"

"나보다 더 서두르더라. 애 빨리 갖자고."

"……"

"이게 운명 아니겠냐? 어이, 형 먼저 갈 테니까, 축의금이나 두둑하게 넣을 준비 하고 있어. 아! 축가도 잊지 말고, 알았지?"

수는 고개를 절레절레 저었다.

앞서가도 너무 앞서가서 걱정이 될 지경이다.

'애도 아니고 다 큰 성인들이니까, 본인들이 알아서 잘 처신하겠지.'

관심을 딱 끊었다. 서로 좋아 죽겠다는데 굳이 나서서 만류하거나 초 치는 것도 썩 모양새가 좋아 보이진 않았다.

"저⋯⋯."

막 대화의 흐름이 끝날 무렵 앳된 여학생들이 수의 앞에 몰렸다. 상비군으로 차출된 여자 프로 바둑기사들이다.

"왜 그래? 할 말 있어?"

수는 자연스럽게 하대를 했다.

입단 차수로 치면 비록 상비군이지만 선배들도 있다.

존대를 하는 게 맞지만, 이미 멘토로 대표로 발탁이 됐고 나이도 많은 까닭에 말을 낮췄다.

"저 죄송한데, 사진 한 장만 찍어주시면 안 될까요? 기념으로 갖고 싶어서⋯⋯."

"어려운 것도 아닌데, 왜 그리 눈치를 봐? 이리 와, 같이 찍자."

흔쾌히 승낙하자 여자 상비군의 표정이 환해졌다.

그도 그럴 것이 소녀들에게 수는 남성 아이돌에 비견될 만한 인기스타였다.

'연예인이야, 진짜 연예인!'

'와! 가까이서 보니 더 훈남이잖아?'

'목젖이 왜 이렇게 섹시하지? 복근도 있을 게 분명해.'

'기왕전 결승전 제5국 완전 대박. 바둑까지 잘 두면 어쩌라는 거야?'

'멘토링해 달라고 졸라서 번호 받을까?'

프로 바둑기사이면서 연예인이다. TV 속 연예인들에 대한 환상을 지닌 어린 소녀들의 눈에 수는 멀지만 가까운 우상 그 자체였다.

수가 일일이 한 명씩 사진을 찍어주자 소녀들의 만면에 설렘이 넘실거렸다.

"저, 사인도 해주시면 안 될까요?"

"되지, 왜 안 돼?"

수는 미소로 응하며 사인을 해줬다. 이름을 물어 덕담을 적어 넣는 것도 잊지 않았다.

분위기가 삽시간에 팬사인회로 변해가자 수는 우려 섞인 말도 잊지 않았다.

"딱 오늘 만이야. 다음부턴 사진이나 사인 안 돼. 바둑에만 집중하자고. 알아들었지?"

"네!"

수는 공과 사를 철저하게 구분했다.

상비군이 창설된 본래의 취지를 잃지 않기 위해서라도 분위기가 자유로울지언정 느슨해져서는 안 되기 때문이다.

"자자, 지방방송 끄고 다들 이제 모일까?"

진인수 감독은 삼삼오오 모여 친목을 다지던 이들을 한자리에 불러 모았다.

"상비군들이야 차츰 알아가도록 하고, 우리 멘토들 소개
먼저 할까? 바둑 외적으로 성향이나 기질 정도는 알아야 이
친구들이 자문을 구할 테니까."

어린 친구들은 시간이 지나면 친해지게 마련이다. 그럴 나
이니까.

중요한 건 이 상비군이 창설된 취지에 맞은 멘토들에 있다.
바둑의 기풍을 떠나서 그들이 어떤 인간인지를 먼저 멘티들
에게 알리는 게 중요했다.

첫 타자는 원성진 4단이다.

삐딱한 자세로 서서는 거만하게 소개했다.

"나 모르는 사람 없지? 모르면 요 바둑판 앞에 앉아. 생각
나게 해줄 테니까."

"하하."

그답다는 말이 절로 나오는 짧고 굵은 소개에 긴장했던 상
비군들의 표정이 풀렸다. 덩달아 어떤 말이 이어질지 기대가
된다.

"조언을 구한다면야 해주겠지만, 솔직하게 뭘 해줘야 할지
는 잘 모르겠다. 아! 하나 있긴 하다. 이기는 거에 익숙해지는
방법?"

"와!"

소년 상비군들이 환호했다. 오만하기 짝이 없지만 늘 자신

만만하고 자기주장을 펼치는 원성진 4단은 그 나이 때의 우상이었다.

원성진 4단의 소개가 끝나고 진인수 감독은 이수를 지목했다. 수가 의자에서 일어나 앞쪽으로 걸어 나와 자신을 소개했다.

"이수입니다."

꿀꺽.

짧은 소개였지만 이 자리에 모인 상비군들은 침을 삼키며 집중했다.

혜성처럼 등장해 입단 첫해, 첫 세계기전에서 우승을 차지했다. 또 새롭게 재정된 한국기원 규정에 따라 입신이라 불리는 9단이 되었다.

그뿐이랴, 바둑 외적으로 가수도 겸업을 하고 있다. 미친 가창력의 소유자로 국내를 넘어 한류스타로 불려도 손색이 없다.

상비군들에게 있어서 수는 우상 그 이상의 의미를 갖고 있었다. 믿고 따르고 조언을 받기보다는 그 자체만으로도 우러러볼 수밖에 없는 그런 존재 말이다.

"멘토라…… 좀 막막하네요. 입단을 한 것도 올해인지라, 저보다 더 경험이 많은 상비군분들도 분명히 계실 텐데 제가 조언을 할 게 있을런지……."

수의 바둑은 강민수의 재능의 전이에서 시작이 됐다. 연구회에 나가긴 했으나 대부분 시간을 독학으로 바둑을 연구했다. 그러다 보니 남들이 말하는 벽에 부딪쳐 본 경험도 없다.

하지만 수의 그런 솔직한 발언은 상비군들에게 겸손으로만 비쳤다.

"아! 딱 하나 있긴 하네요."

수가 고민 끝에 답을 찾았다.

"본인의 기풍에 대한 고민이나 망설임이 생기면 절 찾으세요. 그때는 어떤 식으로든 제가 도움이 될 수 있을 겁니다."

"어째서죠?"

맨 앞줄에 앉아 있던 상비군 소년이 궁금함을 참지 못하고 반문했다.

바둑에서 기풍은 곧 그 프로 바둑기사의 전부나 다름없다.

바둑돌을 손에 처음 쥐고 바둑판에 둔 그 시점부터 그 사람의 기풍은 전해진다. 그 기사가 살아온 삶, 기질, 성격 등이 고스란히 묻어나기 때문이다.

프로 바둑기사들은 패배가 늘면 본인의 기풍에 대해 가장 먼저 의심을 하게 된다.

그 시기가 지나서 보완이 아니라 불신을 품게 되면 슬럼프에 빠지고 만다. 본인의 기풍을 믿지 못하며 손이 나가지 않는 현상이 두드러지는 것이다.

아직 어린 상비군들에게 있어서 먼 훗날 부딪치게 될 벽이고 고민이다.

하지만 선배들의 입을 통해서 지겹도록 슬럼프에 대한 얘기를 들어왔던 터라 아직 겪지 않은 일이지만 염려하는 마음이 적지 않았다. 그래서 경이로운 기록을 써 내려가는 수가 찾은 답은 무언지 궁금했다.

수가 질문을 던진 상비군 소년을 응시했다.

"기풍을 바꿀 수 있다고 믿나요?"

"네."

소년은 자신 있게 대답했다.

기풍을 바꾸기란 바둑을 다시 처음부터 배우는 것만큼이나 힘들다.

하지만 젊다 못해 어린 소년기사의 패기와 자신감은 그것조차 해낼 수 있을 만큼 높았다.

"저도 바꿀 수 있다고 생각해요. 그것도 매우 쉽게."

"쉬, 쉽다고요?"

반문과 동시에 다른 프로 바둑기사들도 수를 주시하며 말을 기다렸다.

앞서 말했다시피 기풍을 바꾸기란 어렵다. 과거 바둑 역사를 돌아봤을 때 돌부처라 불린 한국 바둑의 살아 있는 전설 이창호 9단이 유일하다.

그걸 알기에 기풍이란 민감하고 조심스러운 얘길 꺼낸 수가 어떤 식으로 마무리를 지을지 궁금했다.

"제가 묻죠. 제 바둑의 기풍이 뭔지 설명이 가능하신 분?"

도리어 수가 질문을 던졌다.

누구든 쉽게 대답을 할 것 같았지만 상비군들은 입술만 오물거릴 뿐 쉽게 대답을 하지 못했다.

"세력형 전투 바둑?"

"내가 볼 땐 실리 바둑 같은데……."

"포석 못 봤어? 발 빠르게 두는 바둑이잖아."

저마다 의견이 분분했다. 또 누군가는 끝내기에 중점을 둔 계가 바둑이다, 두터움을 중시한다 등 나뉘었다.

수는 어깨를 으쓱했다.

"통일이 안 되죠?"

끄덕.

프로기사 서른 명이 정확하게 기풍을 짚어내지 못했다. 그것만으로도 수의 기풍은 종잡을 수 없다는 의미인 셈이다.

"제 대답은 여기까지."

"……."

"기풍을 입으로 떠든다고 해서 바뀌지 않잖아요?"

수는 의미심장하게 웃으며 말을 이었다.

"후에 기풍 때문에 고민이 생기면 절 찾으세요. 그때 제가 답을 제시해 드릴 테니까."

짝짝!

말을 마친 수가 예의 있게 머리를 숙이자 박수가 쏟아졌다.

수가 본래의 자리까지 돌아가는 짧은 시간 동안 상비군들은 수에게서 시선을 떼지 못했다.

짧지만 뇌리에 콱 박히는 그의 말은 상비군들로 하여금 알 수 없는 신뢰를 주었다.

'저 말은 본인은 기풍이 없단다는소리인가? 그럴 리가.'

'기풍이 없는 바둑은 존재하지 않아.'

'하지만 기보를 봐도 딱히 떠오르는 기풍이 없는 것도 사실이야.'

잠깐의 혼란과 의문이 한 가지 결론으로 도달하는 데는 그리 긴 시간이 걸리지 않았다.

'기풍이 없다는 거야? 착각 아닐까?'

'없다는 건 말이 안 돼. 단지……'

'기풍을 초월한 거야?'

'맙소사, 모든 기풍을 지녔다는 거야? 그런 바둑이 진짜 존재해?'

'……반박할 수가 없어. 우리도 수 형의 기풍에 대해 정의를 못 내리고 있잖아?'

'대박, 소름 끼치도록 광오한 자신감이야. 그만큼 질 생각이 없다는 얘기겠지?'

수는 대놓고 말하지 않았다. 은근슬쩍 돌려서 얘기했지만 곰곰이 생각해 보면 하늘을 찌를 듯한 자신감과 자부심이 느껴졌다.

수는 말했다.

스스로 기풍에 구애받지 않는 바둑을 두고 있다고.

기풍이 없는 바둑이라니?

그건 입신이어야만 가능하다. 상징적인 의미로 9단에게 주어지는 입신이 아니라, 바둑의 정점이라는 실제의 입신 경지에 도달해야만 가능하다.

오만하다 못해 건방지다는 생각이 든다. 하지만 그 앞에서 누구도 반발을 하지 못했다.

'자식, 이젠 대놓고 날 따라 하네?'

원성진 4단은 쿨하게 웃었다.

이런 오만방자함이 기껍게 보일 수도 있건만 솔직하게 인정했다.

실제 수의 바둑이 그랬으니까.

자리로 돌아온 수가 앉았다.

동시에 앞서 나가던 조한성 9단과 스쳐 지나가듯 눈이 마주쳤다.

'기고만장한 놈, 조만간 네 놈의 콧대를 꺾어주마.'

아무래도 모든 프로 바둑기사가 수를 인정하는 건 아니다.

"안녕하세요, 조한성입니다. 제가 드릴 말씀은……."

그는 유연한 기풍과 달리 형식적이고 딱딱한 말을 이어나갔다.

그런 까닭일까?

상비군들의 귀에 말이 잘 들어오지 않았다.

아니, 정확히는 수의 말이 귀에 자꾸 맴돌았다. 힐끔힐끔 수를 훔쳐보는 눈길에는 무한한 경외심이 담겨 있었다.

'언젠간 나도 꼭 저런 바둑을 두고 말겠어.'

'기풍 없는 바둑? 믿음은 안 가지만 다 빼먹겠어!'

'여기서 배워서 더 높게 올라가는 거야. 동등한 레벨로! 경쟁자로!'

수의 존재만으로도 상비군에겐 큰 자극이자 동기부여가 되었다.

그런 면에서 국가대표 상비군의 창설은 이미 절반의 성공을 거뒀다고 해도 과언이 아니다.

2

그거 아나?

대한민국에 설립된 기획사의 수는 무렵 천 개가 넘는다. 그것도 번듯하게 사업자 등록을 한 곳만 추린 숫자다.

시장 규모와 활동하는 연예인의 수를 고려하면 기획사의 수가 얼마나 많은지 짐작이 간다.

물론 그중 절반 가까이는 제대로 된 시스템을 갖추지 못했다.

연예인이란 달콤한 사탕으로 연습생들을 유혹해 적잖은 돈을 떼먹고 도주하는 사장들도 상당수 포함되어 있다.

절반을 추리고 나면 진짜 대박을 노리는 기획사들이 남는다.

불안정한 재정, 부족한 노하우, 편협한 인맥, 참지 못하고 회사를 나가는 연습생들까지 악순환의 반복이 이어진다.

그럼에도 불구하고 영세 기획사들은 연예계를 떠나지 않는다. 매달 빚을 지면서도 버티고 또 버틴다.

한 방이라는 달콤한 유혹 때문이다.

소속 가수나 배우 딱 한 명이라도 터져 준다면 이전까지 손해를 메우고도 남을 만치의 확실한 수입이 보장되는 까닭이다.

그 희망이 영세 기획사들로 하여금 문을 닫지 못하게 만드는 이유다.

그 윗선으로 올라오면 사정이 좀 나아진다.

이름을 대면 알 법한 배우나, 가수, MC, 개그맨 등을 보유하고 있다.

그렇다고 해서 조금 나은 형편이지 떼돈을 벌지는 못한다. 그들 역시 언젠가 터질 한 방을 기다리는 것은 마찬가지다.

오늘 강남에서 모임이 있다.

앞서 언급한 연예계에서 좀 먹어준다는 중형 기획사 대표들의 모임이다.

"여어, 이 대표, 이쪽이야."

따로 마련된 좌식 룸에 속속들이 사람이 찼다.

"형님, 오랜만에 뵙습니다. 잘 지내셨죠?"

"나야 늘 그렇지. 너야말로 걔들 누구냐, 갓식스? 걔들 잘 나가더라."

"에이, 형님네 배우 시우만큼은 아니죠. 걔 중국서 또 터졌다면서요?"

"그냥 그래. 터지긴 뭘. 자자, 앉자고."

이미 안면이 있는 듯 대표들끼리 화기애애한 분위기가 이어졌다.

지금 연예계에서 한자리씩 하고 있는 대부분은 90년대 스타들의 로드매니저나 당시 방송계에서 일했던 자들이다.

그 시대부터 지금까지 적잖은 세월이 함께 보낸 만큼 서로에 대해서도 잘 알고 있다.

약속 시간이 딱 되자 십여 명의 대표가 한자리에 모였다.

대한민국 3대 기획사에 비하면 한참 미치지 못하지만, 그 세 곳 외에는 한가락 한다는 기획사의 대표들이 다 모인 셈이다.

최고급 참치와 참돔을 음미하며 술잔이 오갔다.

막 분위기가 무르익자 가장 맏형격인 기획사 CLC의 대표 우천제가 조심스럽게 화두를 꺼냈다.

"요새 문제야, 문제. 스카이블루인가? 중국 친구들이 우리 밥그릇까지 넘보니 원."

말을 꺼내기가 무섭게 대표들이 득달처럼 달려들어 호응을 했다.

"그 얘기 들으니 술맛 꽉 떨어지네요. 뭐냐, 우리 팀 프로듀서 지원이 아시죠? 걔도 그리 갔습니다. 내가 키워준 게 얼만데, 돈 몇 푼에 휙 가더군요."

"우리 수덕이도 그리 갔습니다. 올해 데뷔시켜 준다니까 그걸 못 참고. 하아."

"아니, 걔들이 뭔데 K팝스타들에 출연합니까? 가수라고 해봐야 이수 걔가 다잖아요?"

여기저기서 봇물 터지듯이 불만이 터져 나왔다.

기획사 대표들 입장에서 보면 스카이블루는 눈엣가시였다.

적은 연봉으로 기획사에 묶어두었던 프로듀서나 연습생들을 웃돈을 주어 스카웃해 가면서 회사의 기둥이 뽑혀 나간 것이다.

물론, 어디까지나 그들의 입장이다.

따지고 보면 스타가 되거나 프로듀서로 성과를 내기 전까지 제대로 된 대접을 해주는 기획사는 이중에 한 군데도 없었다.

우천제 대표가 천천히 본론을 늘어놓았다.

"요새 중국 애들 돈 너무 막 쓰는 게 아닌가 싶어. 이대로 가다간 우린 숟가락만 빨게 생겼어. 스타 만들어줘도 소용없는 거 알잖아? 걔들 돈 주면 우리랑 소송하는 애들이야."

"형님 말씀 하나 틀린 거 없네요. 전 요새도 미자랑 계약 건으로 소송 중입니다."

"중국 놈들을 꼴 보기 싫어 죽겠습니다. 이 좁은 땅덩어리에 뭔 떡고물이 묻었다고 쳐들어오고 지랄인지 원."

"그 새끼들은 돈이면 단 줄 안다니까?"

우천제 대표가 원하는 방향으로 서서히 분위기가 쏠렸다.

중국 자본에 기반을 둔 스카이블루의 행태에 기획사 대표들이 불만을 표출했다.

지금까지 기득권 입장에서 소속된 연예인들의 고혈까지 쪽쪽 빨아먹었는데, 스카이블루가 들어오면서 그 기준점이 깨지기 시작한 것이다.

"미꾸라지 한 마리가 물 흐리는데, 이대로 보고만 있어야겠나 싶구만."

"뭐 뾰족한 방법이라도 있는 겁니까?"

"나라고 뭔 수가 있겠나? 그저 이럴수록 십시일반 단합을 해야 하지 않나 싶은 거지."

우천제 대표는 늙은 여우마냥 말을 슬슬 돌리며 애를 태웠다.

"형님, 뭔 방법이 있는 거 같은데 속 시원하게 말 좀 해주십시오."

"저도 우 대표님 의중이 궁금하네요."

"허! 별거 아니라니까."

다른 대표들의 닦달에 우천제 대표가 조심스럽게 말문을 열었다.

"우리가 노는 판에 들어온 건 저쪽 아닌가?"

"그렇죠."

"이 바닥 생리라는 게 또 돈이 다가 아니거든? 정신 번쩍 들게 그것 좀 알려주자 이거지."

"답답하네요. 그니까 그 방법이 뭡니까?"

성질 급한 누군가의 말에 우천제 대표가 꾹꾹 담아두고 있던 본심을 꺼냈다.

"뭐긴 뭐겠는가, 언론이지."

"언론?"

"우리나라 사람 또 애국심 좋지 않나? 중국 자본에 잠식당한다고 위기다 하면 좋게 안 볼 거야."

얌전하게 얘기하고 있지만 취지는 이렇다.

무지막지한 중국 자본의 만행에 국내 기획사들이 설 자리를 잃어가고 있다는 식으로 스카이블루를 노린 악의적 기사를 쏟아내자는 말이다.

"또 있지 않나? 자네들 소속 가수나 연습생, 프로듀서들 스카웃한 거. 그게 시선에 따라 굉장히 안 좋아 보일 수 있거든."

"하긴."

"K팝스타들인가? 거기 심사위원으로 나오는 이수만 해도 그래. 노래는 잘하는 거 같던데…… 거기 나올 만한 급은 아니거든."

"다 일리 있는 말입니다. 따지고 보면 변변찮은 가수도 없는 스카이블루가 지원자들 프로듀싱을 하는 것도 말이 안 됩니다."

분위기가 점점 유도했던 대로 흘러가자 우천제 대표의 목소리에 힘이 실렸다.

"그래서 말일세, 힘 좀 모으도록 하지. 우리판이니 누가 갑이고, 을인지 스카이블루에 확실하게 알려줘야 하지 않겠나? 다들 도와주겠나?"

"그거 말이라고. 당연히 도와야죠."

"눈 뜨고 밥그릇 뺏길 순 없습니다."

기획사 대표들은 눈에 힘을 꽉 주고 호응했다. 안 그래도 마음에 안 들었는데, 이런 식으로 응징을 가할 수 있는 기회를 마다할 이유가 없었다.

우천제 대표는 마지막 방점을 찍었다.

"그러면 다들 언론 쪽에 손을 쓰자고. 돈을 앞세운 불법 스카웃질에, K팝스타들 자질도 안 되는 심사위원 이수, 이 정도만 돼도 꽤 파급효과가 있을 거야."

『내일을 향해 쏴라』 15권에 계속…

이 시대를 선도하는 이북 사이트

이젠북

www.ezenbook.co.kr

더욱 막강해진 라인업!
최강의 작가들이 보이는 최고의 재미.

이들의 "유료연재"가 시작됩니다!

김재한 『성운을 먹는 자』   태제 『태왕기 현왕전』
홍정훈 『월야환담 광월야』   전진검 『퍼팩트 로드』
이지환 『어린황후』   방태산 『완벽한 인생』
좌백 『천마군림 2부』   왕후장상 『전혁』
김정률 『아나크레온』   설경구 『게임볼』

검색창에 **이젠북** 을 쳐보세요!

초대형 24시 만화방

신간 100%, 샤워실, 흡연실, 수면실(침대석), 커플석, 세탁기 완비

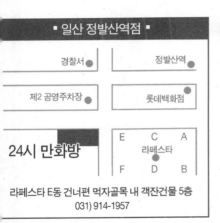

■ 일산 정발산역점 ■

라페스타 E동 건너편 먹자골목 내 객잔건물 5층
031) 914-1957

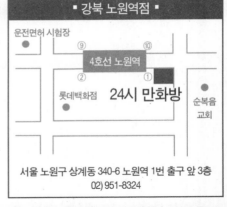

■ 강북 노원역점 ■

서울 노원구 상계동 340-6 노원역 1번 출구 앞 3층
02) 951-8324

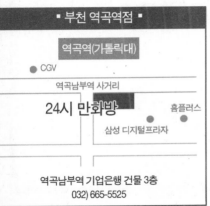

■ 부천 역곡역점 ■

역곡남부역 기업은행 건물 3층
032) 665-5525

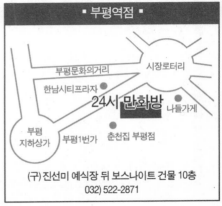

■ 부평역점 ■

(구) 진선미 예식장 뒤 보스나이트 건물 10층
032) 522-2871

성상영 新무협 판타지 소설 FANTASTIC ORIENTAL HEROES

의원귀환

醫員歸還

서른다섯의 의무쌍수 장호,
열두 살 소년으로 돌아오다!

황밀교의 음모를 분쇄하고자 동분서주하던
영웅들은 함정에 빠져 몰살의 위기에 처하고…….
죽음 직전 마지막 비법을 위해 진기를 모은 순간,
번쩍하는 빛 뒤에 펼쳐진 곳은
23년 전의 세상.

세상의 위협으로부터 가족을 지키기 위한
의원(?) 장호의 고군분투기!

『**더 게이머**』의 성상영 작가가
선보이는 귀환 무협의 정수!

Book Publishing CHUNGEORAM

유행이 아닌 자유추구 -
WWW. chungeoram.com

천산루

조돈형 新무협 판타지 소설

FANTASTIC ORIENTAL HEROES

『궁귀검심』, 『장강삼협』의 작가 조돈형
그가 그려내는 새로운 이야기!

무림삼비(武林三秘)
천외천(天外天), 산외산(山外山), 루외루(樓外樓).

일외출(一外出), 군림천하(君臨天下)!
이외출(二外出), 난세천하(亂世天下)!
삼외출(三外出), 혈풍천하(血風天下)!

가문의 숙원을 위해, 가문을 지키기 위해
진유검, 무림의 새로운 질서를 세우다!

Book Publishing CHUNGEORAM

유행이 아닌 자유추구 -
WWW.chungeoram.com

FUSION FANTASTIC STORY
미더라 장편 소설

ODD LAWYER

Devil's Balance

괴짜 변호사
악마의 저울

『즐거운 인생』 미더라 작가의
2015년 대작!

현직 변호사, 형사, 프로파일러, 범죄심리학 전문가 자문으로
현장의 생생함을 그대로 담아낸 현대 판타지!

『괴짜 변호사 : 악마의 저울』

"제가 왜 한 번도 패소한 적이 없는 줄 아십니까?"

"……"

"저는 법으로만 싸우지 않거든요."

법의 칼날 위에서 춤추는 자들과의
치열한 공방이 펼쳐진다!

Book Publishing CHUNGEORAM

유행이 아닌 자유추구 -
WWW.chungeoram.com

월야환담

채월야 · 홍정훈 장편 소설

"미친 달의 세계에 온 것을 환영한다!"

서울을 중심으로 펼쳐지는 뱀파이어, 그리고 뱀파이어 사냥꾼들의 이야기!
한국형 판타지의 신화, 월야환담 시리즈 애장판
그 첫 번째 채월야!

Book Publishing CHUNGEORAM

유행이 아닌 자유추구 -
WWW.chungeoram.com

이모탈 퓨전 판타지 소설
FUSION FANTASTIC STORY

워리어
Warrior

최강의 병기 메카닉 솔져,
판타지 세계로 떨어지다!

서기 2051년.
세계 최초의 메카닉 솔져 이산은
새로운 세계에 발을 딛게 된다.

"나는… 변한 건가?"

차가운 기계에서 따뜻한 피가 흐르는 인간으로!
카이론의 이름으로 새롭게 시작하는
진정한 전사의 일대기!

Book Publishing CHUNGEORAM

유령이 아닌 자유추구 -
WWW.chungeoram.com

PERFECT GAME
박선우 장편 소설
FUSION FANTASTIC STORY
퍼펙트 게임
고통과 좌절의 시간들을 뛰어넘어
불사조처럼 일어나 세계를 제패한 사나이의 일대기.
대한민국을 넘어 메이저리그를 평정하며
명예의 전당에 헌정된 언터처블 투수, 이강찬.
강철 같은 어깨에서 뿜어져 나오는 그의 패스트볼은
무적이었으며 야구계에 길이 남을 신화였다.
야구만을 사랑했던 고독한 사나이.
그의 퍼펙트게임이 이제 시작된다!
Book Publishing CHUNGEORAM
WWW.chungeoram.com

가프 장편 소설

관상왕의
1번룸

FUSION FANTASTIC STORY

거대한 도시의 그늘에서 벌어지는
짜릿하고 통쾌한 이야기!

『관상왕의 1번룸』

텐프로의 진상 처리 담당, 홍 부장.
절망적인 삶의 끝에서 만난 남국의 바다는
그를 새로운 인생으로 인도하는데…….

쾌락을 원하는 거부, 성공에 목마른 사업가,
그리고 실패로 절망한 사람들이여.

여기, 관상왕의 1번룸으로 오라!

Book Publishing CHUNGEORAM

유행이 아닌 자유추구 -
WWW. chungeoram.com